La nueva conquista del ranchero

SHIRLEY PENICK

---

1. http://www.shirleypenick.com

2. http://www.facebook.com/ShirleyPenickAuthorFans

Tabla de contenido

Sobre Shirley

Dedicatoria

A mi familia. A mis padres Cliff y Carollyn, quienes siempre me dijeron que podía hacer lo que quisiera, desde un ingeniero hasta escritora. A mis hermanos Tim y Judy, que han estado emocionados de verme hacer esto. A mis hijos Jonathan y Sarah y sus cónyuges que me han animado y apoyado. A mis dos adorables nietas, Janae y Gianna, que inspiraron al personaje de Alyssa. Y a toda la familia, demasiados para mencionarlos. Los amo.

Capítulo 1

Alyssa camina lentamente por la acera, alejándose de la escuela y hacia el lago.

—La escuela se me hizo eterna hoy —se dice a sí misma—. Es un día demasiado triste para estar con muchas personas, a veces una niña de ocho años necesita espacio.

Patea una piedra mientras camina arrastrando los pies.

—Rachel quería que fuera a jugar a las muñecas, pero yo no quería. No le dije mentiras a Rachel. Le acabo de decir que había una reunión de Brownie, no que fuera a asistir, eso no es realmente una mentira, ¿verdad? Tengo mi uniforme de Brownie. —Ella suspira.

—Esos chicos malos se burlaron de mí hoy porque mis ojos eran del color de los charcos. No puedo evitarlo si mis ojos cambian de color por lo que tengo puesto. ¿Cómo llama papá a mi color de ojos? Oh sí, avellana. Chicos malos. —Ella cambia su mochila a su otra mano.

—Tampoco le mentí exactamente a mi líder Brownie. Sólo le dije que era un día triste y que no tenía energía para ir a los Scouts y que Rachel me había invitado a su casa. No le dije que iba a casa de Rachel. —Se detiene a mirar las flores silvestres en la maleza junto a la acera. Es de un bonito color azul; piensa en agarrarlas para llevársela, pero no, esas flores estarían mejor creciendo allí. Si se las lleva con ella, moriría.

—Quiero pasar un tiempo a solas hoy, porque es el día marcado en la foto de mamá.

Camina por la calle que bordea la propiedad del señor Clarkson. Cuando llega al lago, puede tomar la calle de la derecha, que conduce al muelle de la ciudad de Chedwick. Ella mira en esa dirección.

—Me divierto en el muelle viendo la llegada de los transbordadores y la gente que se baja para dar una vuelta por el pueblo o para quedarse algunas noches para disfrutar del lago Chelan. Y es emocionante ver la barcaza cuando descargan cosas.

Ella sonríe un poco.

—El verano es el mejor, con el aterrizaje de hidroaviones y los turistas atracando sus barcos. —Es un lugar concurrido y normalmente uno de sus favoritos.

Pero no hoy. Hoy toma el camino de la izquierda, que es un camino más angosto, mucha gente ni sabe que está ahí.

—Esto es lo que quiero hoy. Estar sola y *Tsilly's Rock* será el lugar perfecto.

Ella camina hacia ahí. *Tsilly's Rock* es grande, plana y gris. Cuelga un poco sobre el lago. Algunas personas dicen que Tsilly, el monstruo del lago Chelan, vendría aquí a veces y llevaría a la gente a aventuras. Realmente no cree eso, aunque siempre le ha gustado escuchar las historias de aventuras de Sandy cuando las cuidaba. Sandy se ha ido a la universidad en Seattle. *Ahora extraño a mamá y Sandy.*

—Mamá solía traerme aquí para inventar historias sobre todas las cosas que haría cuando creciera. Yo no sabía que ella estaba enferma y que iba a morir antes de que pudiera hacer alguna de esas cosas. ¿Por qué moriste, mami?

Hoy hace dos años, fue el día en que murió su mamá, y Alyssa extraña a su mamá. Quiere sentarse en la gran roca plana y recordar todo lo que pueda sobre su madre.

Alyssa se sube y deja caer su mochila. Se acuesta en la gran roca cálida y pone las manos detrás de la cabeza, mirando hacia el cielo azul. Hay unas pocas nubes esponjosas allá arriba, pero se vuelven borrosas cuando sus ojos se llenan de lágrimas. Los cierra y las lágrimas salen y corren por sus mejillas. *No me gusta ser una llorica.* La mayor parte del tiempo no lo era. Pero hoy se puede llorar. Sólo un poco, para dejar salir la tristeza de extrañar a su mamá.

Escucha un chapoteo y abre los ojos, volviéndose para mirar el lago. Es un día tranquilo sin olas; ve algo en el agua y se pregunta qué es. Entonces, la cosa flotante comienza a agrandarse a medida que sale del agua. Ella se da cuenta de que es Tsilly. Jadea, porque nunca creyó que hubiera un monstruo del lago llamado Tsilly; llevando a la gente a aventuras. Pero ahí está, y la está mirando.

—Ven conmigo, Alyssa —dice Tsilly.

¿Escuché eso en voz alta o en mi cabeza? Alyssa no lo sabe con certeza.

—Ven conmigo, Alyssa.

Ella mira a su alrededor, pero no hay nadie más. Ella dice—: Está bien, ¿a dónde vamos?

—Ven conmigo, Alyssa.

De repente ella está dando vueltas y girando y moviéndose. Y luego todo se detiene. Allí, frente a ella, está su mami. No la mamá delgada y enferma, que tenía que estar en la cama todo el tiempo, sino su mamá fuerte y saludable, que corría, reía y jugaba con ella. Ella corre hacia su madre y se abraza a ella.

—Oh, mami, te he echado mucho de menos.

—Lo sé, querida niña.

—¿Es esto el cielo?

—No, Tsilly me trajo a este lugar para reunirme contigo. Ninguno de los dos puede quedarse aquí mucho tiempo, pero necesito decirte algunas cosas.

—¿Qué cosas, mami?

—Que te amo, querida niña. Que te miro desde el cielo y dirijo a tus ángeles de la guarda para que te protejan y cuiden cada minuto de cada día. Que nunca estás sola, porque yo siempre estoy contigo, en tu corazón.

—Sé esas cosas mami, pero a veces, extraño tu sonrisa y tu risa y especialmente tus abrazos y besos.

Su mami la besa y le da un gran abrazo.

—Yo también extraño esas cosas, Alyssa. Pero debes seguir con tu vida y no estar triste.

—Pero, mami, a veces necesito estar triste.

—Bueno, a veces está bien, pero no siempre. No tenemos mucho tiempo, así que déjame contarte un secreto. No debes decirle a tu papá o hermanos esto, es un secreto, lo que viene debe ser una sorpresa.

—Está bien, mami, cuál es el secreto.

—Le voy a enviar a tu papá una nueva esposa. Ella será tu nueva mami. Y una nueva mamá para tus hermanos también. —Su madre pasa una mano por el cabello de Alyssa, como lo había hecho cuando era pequeña.

—Pero no quiero una nueva mamá. Te quiero a *ti*.

—Siempre seré tu mami, pero la nueva mami podrá darte esos abrazos y besos que deseas. Ella podrá reír y jugar contigo. Quiero que seas feliz y ames a la nueva mamá.

—Está bien, pero aun así te amaré más.

—Está bien, ahora dame un abrazo y un beso, tu papá viene a buscarte.

Alyssa abraza y besa a su mamá y escucha a su papá llamar—: Alyssa.

Capítulo 2

Hank Jefferson está en pánico; su hija, Alyssa, no está con los Scouts donde siempre la recoge los martes. Una de las Scouts dijo que escuchó a Rachel invitar a Alyssa a jugar a las muñecas con ella. Su líder dijo que ella no quería venir a los Scouts porque era un día triste y no tenía energía.

Él había ido a la casa de Rachel, asumiendo que ella estaba allí, pero no lo estaba. Rachel dijo que Alyssa había planeado ir con las Scouts y que sí tenía puesto su uniforme.

Entonces, él corrió a la escuela, para ver si ella se había quedado por alguna razón. Se apresuró a entrar en su salón de clases de tercer grado, pero la única allí era la señorita Truehart, la maestra de Alyssa.

Una sorprendida Ellen Truehart pregunta—: ¿Señor Jefferson, qué puedo hacer por usted?

—¿Está Alyssa aquí?

—No, ella dejó la escuela hace una hora y media como de costumbre. Tenía puesto su uniforme de Brownie...

—Ella no estaba allí. —Él se quita el sombrero de vaquero y se lo golpea en la pierna.

—Le preguntó a Rachel ...

—Tampoco estaba allí.

¿Dónde podría estar ella? ¿Cuáles son sus lugares favoritos? Ellen se pone de pie.

—Oh, no es de extrañar que se vea tan aterrorizado.

—Creo que intentaré el desembarque, le encanta ver lo que sucede allí.

—Bien, mientras va a ver si está allí, revisaré su diario y veré si escribió algo. —Ella comienza a caminar hacia el escritorio de Alyssa.

Oh, buena idea.

—Genial, déjeme darle mi número; llámame si encuentra algo. —Él saca el teléfono del bolsillo de la camisa y crea un contacto para ella—. Tome, ¿puede poner su información en mi celular, para que sepa que es usted y no alguien que intenta venderme algo?

—Por supuesto y puede hacer lo mismo. —Ella se apresura a regresar a su escritorio, saca su dispositivo de un cajón y después de unos segundos de tocarlo, se lo entrega. Intercambian teléfonos para poner los números correctos. Cuando ella le da la espalda, dice—: La llamaré en cuanto tenga noticias.

—Gracias, y será la primera en saber si... no, *cuando* la encuentre.

Hank sale corriendo del estacionamiento de la escuela como si los cuatro jinetes del apocalipsis le estuvieran pisando los talones. Grita en el estacionamiento del muelle, deslizándose hacia un espacio de estacionamiento. Luego salta de la camioneta, corre hacia el muelle en busca de su hija. Ella no está allí. *¿El parque tal vez?* Él se dirige hacia el parque, a unas pocas cuadras del rellano frente al lago, cuando suena su teléfono. *Ellen Truehart. Espero que tenga noticias.*

—Habla Hank. ¿Encontró algo, señorita Truehart?

—Sí, eso creo. Ella escribió en su diario que hoy es el aniversario de la muerte de su madre.

—Sí, lo es —dice Hank con brusquedad mientras su garganta amenaza con cerrarse.

—También escribió que quería tener algo de tiempo a solas para pensar en su madre y pensó que Tsilly's Rock podría ser un buen lugar.

—Eso tiene sentido. Charlene solía llevarla allí para soñar con aventuras. Ahora mismo voy para allá, gracias.

—Hágame saber...

—Lo haré —dice Hank, antes de colgar el teléfono—. Por favor, Dios, que esté allí.

Hank cruza corriendo el estacionamiento y sigue calle abajo, hacia el pequeño sendero que lo llevará a Tsilly's Rock. Sus botas de vaquero no son las mejores para correr, pero no le importa. Él sigue corriendo. Cuando llega al claro, grita—: Alyssa.

Él está a punto de caer de rodillas cuando la ve tendida, durmiendo en la roca, sus manos apoyando la masa de su suave cabello castaño, puede ver rastros de lágrimas en su rostro, pero ella está bien, y no ha sufrido ningún daño.

—Gracias a Dios.

Capítulo 3

Alyssa escucha a su papá gritar su nombre y se sienta en Tsilly's Rock mientras él corre hacia ella y la toma en sus brazos. Cuando la abraza, su Stetson negro cae al suelo y él ni siquiera se da cuenta.

—Alyssa, te he estado buscando por todas partes.

—Estoy aquí, papá. Estaba hablando con mami.

—Hoy también he extrañado a tu mamá —dice su papá con voz áspera—. Pero, cariño, no puedes irte. ¿Qué pasa si no puedo encontrarte?

—Lo siento, papi. Necesitaba algo de tiempo para pensar en mamá hoy.

—Lo sé, cariño, pero yo no puedo soportar perderte y estaba tan asustado sin saber dónde estabas.

—Mis ángeles de la guarda me estaban cuidando y Tsilly me llevó a ver a mami.

—Bueno, no lo vuelvas a hacer. Tienes que ir con las Scouts o a la casa de Rachel los martes para saber dónde encontrarte.

Alyssa no cree que su padre le crea acerca de Tsilly, pero está bien. Es su aventura, y su mamá le había dicho que no le contara el secreto a su papá.

—No lo volveré a hacer, lo prometo.

—Bien, ahora vámonos. Tenemos que ir a decirle a tu maestra que estás a salvo. Ella descubrió dónde estabas, leyendo tu diario. Debes disculparte por asustar a la señorita Truehart y también debes llamar a tu líder Brownie y a la madre de Rachel para disculparte con ellas.

—Está bien, papá. No estaba tratando de asustar a todos.

—Lo sé, pero lo hiciste.

***

Hank recoge su sombrero y Alyssa, y su mochila. Él planea llevar en brazos a su hija todo el camino de regreso a su camioneta. *No puedo dejarla.* Su corazón todavía está acelerado por el miedo y la adrenalina. Alyssa tiene ocho años, piernas y brazos largos, pero es delgada, por lo que no pesa mucho. *Ciertamente, no demasiado para llevarla cargando de vuelta a la camioneta.* De hecho, le había llevado mucho tiempo alcanzar los veinte kilos que tiene que pesar para viajar en un banco en lugar de un asiento de seguridad. Se habían burlado de ella por tener que meterse piedras en los bolsillos porque se estaba volviendo demasiado alta, pero no lo suficientemente pesada para las leyes.

Él mira sus hermosos ojos color avellana, ojos como los de su madre y alisa su suave cabello castaño. Lo lleva corto, justo hasta la línea de la mandíbula, es elegante y a Charlene eso le había ayudado cuando estaba tan enferma, y él ciertamente no sabía mucho sobre cortes de cabello, así que lo había mantenido corto. *¿Dios mío, y si no la hubiera encontrado?*

Cuando la sube a la camioneta, dice—: Abróchate el cinturón mientras yo le envío un mensaje de texto a la señorita Truehart.

Hank: La encontré. La iba a llevar a la escuela para disculparse.

Ellen: Me alegro de que la haya encontrado, no necesita disculparse.

Hank niega con la cabeza y escribe.

Hank: Sí, necesita asumir su responsabilidad.

Ellen: OK, aquí los espero.

Hank: Gracias, estaremos allí en unos minutos.

Cuando llegan a la escuela, Hank toma la mano de Alyssa mientras entran y caminan por el pasillo hacia su salón. Él se prepara para volver a ver a la señorita Truehart; él había sentido una atracción por la mujer la primera vez que la conoció, hace unas semanas al comienzo de la escuela, y nuevamente hoy mientras corría en busca de Alyssa, pero había estado demasiado asustado para apenas notarlo. Ahora que la histeria ha retrocedido, sabe que en su estado relajado sería golpeado en la cabeza por su belleza.

Entran al salón de clases. *Sí, ahí está, la atracción por la linda maestra de escuela. Mi respiración se detiene cada vez que la veo.* Ella tiene el cabello largo y rubio y ojos azules brillantes; tiene una bonita figura y una altura media, aproximadamente el tamaño perfecto para él. Pero él no va a ir allí, ella es la maestra de su hija y todo eso estaría mal.

—Alyssa, hoy nos diste un gran susto.

—Lo siento, señorita Truehart. No quise asustar a todos.

—Estoy segura de que no, pero ahora eres una niña grande y es tu responsabilidad estar donde se supone que debes estar, o llamar a tu padre y pedirle permiso, para ir a un lugar diferente.

Alyssa dice—: Pero, señorita Truehart, no tengo teléfono.

—Eso es verdad, pero puedes usar el teléfono de la oficina para llamar a tu padre si es necesario. Y no debes volver a irte sola, a menos que tu padre te diga que está bien.

—Okey. No lo volveré a hacer, señorita Truehart. Lo prometo.

—Muy bien.

Alyssa se da la vuelta para ver a su padre.

—¿Podemos invitar a cenar a la señorita Truehart? Compartiré la noche de mi cita con papá con ella, porque la asusté.

Hank gime mentalmente. Eso es todo lo que necesita: pasar tiempo con la señorita Truehart. Pero él dice—: Sí, puedes.

—Señorita Truehart, esta es la noche de mi cita con papá y me gustaría invitarla a venir con nosotros, ya que estaba asustada por mí y tuvo que quedarse hasta tarde mientras papá me buscaba.

—Oh, pero no quiero entrometerme —responde ella mirando a Hank.

—Nos encantaría que viniera con nosotros. Vamos al Family Inn. Vamos todos los martes por la noche. Los chicos se quedan con los peones del rancho y hacen una comida al aire libre, mientras yo llevo a Alyssa a cenar.

—Por favor, señorita Truehart, venga con nosotros. Será divertido.

—Supongo que podría cenar. Se hace tarde y tengo hambre.

Alyssa dice—: Sí.

—Los veré en el Family Inn en unos minutos, necesito recoger mis cosas. Ustedes dos continúen adelante.

***

¿Dios santo, qué estoy haciendo? Salir a cenar con Alyssa y Hank Jefferson. El hombre es un galanazo y la vuelve estúpida con solo mirarlo. Mide más de metro ochenta, con botas vaqueras y jeans gastados, el hombre es una valla publicitaria ambulante. Con su Stetson negro y su chaqueta de piel de oveja, es la fantasía de toda mujer hecha realidad. *Y el amor que siente por su hija me convierte en papilla. Es demasiado bueno para ser verdad.* Pero desear al padre de su estudiante es una línea directa para ser despedida. Ella no va a seguir ese camino otra vez.

No es que la hubieran despedido, pero su último trabajo se había vuelto demasiado incómodo para que se quedara. Por supuesto, era una situación muy diferente porque ella no había sentido la lujuria, ella había sido el foco de la lujuria, y él no aceptaba un no por respuesta. *El idiota me acosó más de lo que yo pude soportar, no estoy segura de que él no hubiera recurrido a la violencia si me hubiera quedado a solas.* Finalmente ella había tenido suficiente y comenzó a buscar un nuevo puesto en otra ciudad, en otro estado.

Pero eso sigue sin justificar su salida a cenar con Alyssa y Hank Jefferson.

Ellen suspira y va al baño de los maestros. Se peina, se pone lápiz labial y un poco de polvo para ayudar a cubrir las pecas que le salpican la nariz. Tiene veintiocho años, pero esos estúpidos puntos la hacen parecer de doce. Se pone un poco de sombra de ojos y rímel para hacer que sus pestañas rubias sean de un marrón más oscuro, por lo que parece que en realidad *tiene* algunas pestañas.

Suficiente. Esta no es una cita, ya basta con la tontería. Actúa como un adulto, por el amor de Dios. Pero un poco de perfume enmascararía el olor de la tiza, a temperas y el patio de juegos al que cada maestro de escuela primaria huele, al final del día.

No hay esperanza para ella. Ella es una loca y está segura de que actuará como tal durante la cena. *Sólo espero no babear por el pobre hombre.*

Capítulo 4

Hank le dice a Amber Clarkson, la anfitriona, que a él y Alyssa les gustaría la sección buena del restaurante esta noche, pero esperarían a la maestra de Alyssa, quien se uniría a ellos en unos minutos.

—Es amable de tu parte invitarla, Hank. Es nueva en la ciudad y todavía no conoce a mucha gente. Estoy segura de que aprecia la invitación.

Hank se encoge por dentro ante la aprobación en los ojos de Amber. Él no había pensado en invitar a Ellen Truehart a cenar, y ni siquiera había pensado en el hecho de que ella es nueva en la ciudad y no conoce a nadie. Entonces, él sólo asiente con la cabeza hacia Amber y no corrige su razonamiento. No quiere que Amber sepa que él es el hombre insensible y superficial que sabe que es. Ciertamente le gusta más la visión que Amber tiene de él que la suya propia.

Mientras esperan, Hank hace que Alyssa llame a su líder Brownie y a la madre de Rachel para decirles que ella está bien y disculparse por el susto. Es la hora de la cena, por lo que las llamadas telefónicas son breves. Cuando termina, entra la señorita Truehart. Ella se ve incluso más bonita que en la escuela, eso es todo lo que necesita. *La mujer está intentando matarme.*

—Señorita Truehart —dice Hank.

—Debería llamarme Ellen fuera de la escuela, señor Jefferson.

—Entonces *debes* llamarme Hank.

—Muy bien, Hank, gracias por invitarme.

—Realmente fue idea de Alyssa —dice Hank y luego mira hacia su hija, que tiene una expresión extraña en el rostro. Él puede decir que ella está pensando en algo, pero no tiene idea de qué es.

Amber se acerca para llevarlos a su mesa.

Mientras se dirigen hacia la zona de alta cocina del restaurante, Ellen vacila.

—Oh, no estoy vestida para este lado.

Amber se ríe.

—Estás bien, Ellen. Nadie *se viste* para este lado, a menos que sea un aniversario de bodas o una fiesta de graduación.

—Y estoy en jeans —dice Hank—. Está guapa, señorita, eh, Ellen. Es un vestido muy bonito ese para pastorear a esos niños todo el día.

Ellen se sonroja ante el cumplido.

—Gracias, pero estoy segura de que está sucio de tiza y tierra, como mínimo.

Hank le guiña un ojo.

—Será nuestro secreto.

Cuando llegan a su mesa, Hank le saca la silla a Ellen y luego hace lo mismo con su hija.

Ellen dice—: Le estás enseñando modales.

—Sí, y cómo un hombre debe tratar a una mujer. Espero que cualquier hombre, que quiera llamar la atención de mi hija, se comporte como un caballero. También estoy enseñando a mis hijos a ser caballeros.

—¿De eso se trata la cita de papá e hija?

—Parte de, pero también es el tiempo que reservo cada semana para pasarlo a solas con Alyssa. También paso tiempo de calidad con mis hijos, a veces pescando, a veces montando y, a veces, saliendo a cenar. Alyssa va con las Scouts cada dos martes y juega con Rachel en las semanas libres, así que tiene sentido que la recoja y la lleve a cenar.

—¿Siempre lo has hecho? —pregunta Ellen.

Su garganta se aprieta. Él sacude la cabeza y dice con voz áspera—: Solo desde que murió su madre. Antes de eso, ella pasaba tiempo uno a uno con cada uno de ellos.

Ellen mira a Alyssa.

—Lo siento. No quise sacar a colación un tema doloroso.

—Está bien, señorita Truehart. Extraño a mamá, pero no me importa hablar de ella. De hecho, me gusta hablar de mami. Yo tenía seis años cuando ella murió y a veces me asusto, pensando que podría olvidarme de ella. Pero papá nos dio todas las fotos y tenemos algunas películas en DVD que podemos ver.

La mesera se acerca para tomar sus pedidos y Hank se alegra de pasar a otros temas.

Pasan una agradable velada, hablando y comiendo, y todo termina demasiado pronto. Pero Hank sabe que necesita llevar a Alyssa a casa y meterla a la cama, y está bastante seguro de que Ellen también está cansada por un largo día. Hank insiste en pagar la cuenta y todos se dirigen a sus carros. Hank le abre la puerta a Ellen y la ve a salvo en su carro, antes de llevar a Alyssa a su camioneta y abrocharla. Finalmente, ella es lo suficientemente mayor, y lo suficientemente grande, como para no necesitar un banquillo de seguridad, y Hank está contento de haber terminado con esa etapa.

Mientras conducen por la calle hacia su rancho, Alyssa dice—: La señorita Truehart es muy agradable.

—Sí, ella lo es.

—¿Te gusta?

Hank sonríe.

—Sí, parece ser una buena persona y maestra para ti.

—No de esa clase, quiero decir, como ella como novia.

—¿Qué? ¿De dónde sacas esa idea? No estoy buscando novia.

—Oh, pensé que tal vez te gustaría tener una nueva esposa —ella dice en voz baja.

—Ese pensamiento ni siquiera se me ha pasado por la cabeza.

—No tienes que casarte de inmediato, ella podría ser tu amiga por un tiempo primero. Podrías ir a citas y besarte y cosas así.

Hank no quiere pensar en besar a Ellen Truehart, así que corta la conversación de raíz.

—Alyssa, no se te ocurra ninguna idea. No estoy buscando novia e incluso si lo estuviera, no creo que salir con tu maestra sea una buena idea.

—¿Por qué?

—Es inapropiado que el padre de uno de sus estudiantes ligue con ella.

—¿Qué es inapropiado?

—Significa que no es algo bueno, no es apropiado.

—Pero creo que le gustas, te miró un poco cuando estabas mirando a otro lado y ¿También la miraste un poco a veces?

Hank no necesita escuchar esto; ya tiene suficientes problemas para codiciar a Ellen sin que Alyssa arroje más leña al fuego. Entonces, él dice con severidad—: Alyssa, sácate eso de la cabeza, ahora mismo.

—Está bien, papá.

Ellos se quedan en silencio el resto del camino a casa.

***

Alyssa está pensando: Su padre dijo que dejara de hablar de la idea, pero eso no significa que no pueda pensar en ello. Ella piensa que la señorita Truehart sería una buena esposa para él y una muy buena madre para ella y sus hermanos. Nunca había visto a su papá mirar a otra dama de la forma en que mira a la señorita Truehart, como si tal vez fuera el mejor regalo de navidad. La señorita Truehart mira a papá de manera diferente a como mira a los otros papás que van a la clase, y de manera diferente a como mira a los otros profesores también.

Algunos de los otros papás y maestros miran a la señorita Truehart como lo hace su padre, pero la señorita Truehart nunca los mira de la forma en que mira al padre de Alyssa. *Entonces, ¿cómo puedo hacer que cambie de opinión? Hablaré con Rachel al respecto mañana y veré si podemos pensar en una buena manera.*

***

Hank está preocupado por haber herido los sentimientos de Alyssa; ella se queda callada de camino a casa. Cuando abre la puerta, le pregunta—: ¿Estás bien? No herí tus sentimientos, ¿verdad?

—Oh, no, papá, recuerdo que mamá dijo que eras el hombre más obstinado del mundo.

Hank se ríe entre dientes.

—Sí, ella solía decir eso.

—Sí, y ella siempre decía, yo soy como tú.

—Oh no, eso puede no ser bueno. —Hank tira de su cabello.

—Claro que lo es, papá. Tú eres el mejor.

—¿Estás tratando de adularme?

—¿Está funcionando?

Hank sonríe.

—Traviesa.

Mientras Hank se prepara para irse a la cama, piensa en lo que le ha sugerido Alyssa. Sabe que no está en las cartas, pero es una idea tentadora. Le encantaría ver ese hermoso cabello extendido sobre su almohada. Besar esos labios y adorar al resto de ella con sus manos y boca y algunas otras partes del cuerpo, suena como la manera perfecta de pasar las horas. Hablando de otras partes del cuerpo, una parte en particular piensa que estas ideas están bien, incluso excelentes, y estaría feliz de participar. Es hora de una ducha fría y de pensar en otra cosa.

***

Ellen termina los últimos trabajos que tiene que calificar para el día siguiente. Se había encargado de la mayoría mientras esperaba a saber si Alyssa estaba bien. Afortunadamente, las matemáticas de tercer grado son fáciles de calificar, incluso si su cabeza estaba enfocada en otras cosas y espera que su estudiante estuviese a salvo. Una vez que encontraron a Alyssa, la noche se convirtió en la mejor noche que había experimentado en bastante tiempo. Recientemente había pasado por una mala racha en su vida, así que no fue difícil que fuera la mejor. Pero cenar con ese bombón, Hank Jefferson, la puso bastante alto en la lista de buenos momentos. E incluso se las había arreglado para comerse todo, la cena había estado deliciosa.

No le importaría pasar más tiempo con Hank, pero sabe que no sería una buena idea. Ella recién se está instalando en este pequeño pueblo y no quiere tener que irse pronto. Podría usar su imaginación, pero tal vez no sea una buena idea, porque no quiere actuar como una tonta la próxima vez que lo vea. Si piensa demasiado en él, podría hacer precisamente eso. Tal vez sea una mejor idea leer. Sí, esa es una idea mucho mejor. *Ahora, qué leer: romance o suspenso. El romance puede hacer que inserte a Hank como el héroe y un thriller puede mantenerme despierto. Biografía, ese es el ganador.*

Capítulo 5

Alyssa está impaciente en la escuela al día siguiente, moviéndose en su silla y sin prestar atención. Necesita hablar con Rachel y falta mucho para el recreo.

La señorita Truehart se acerca al escritorio de Alyssa y le pregunta en voz baja—: ¿Estás bien hoy? Pareces un poco inquieta y distraída.

—Oh, lo siento, señorita Truehart. Sólo quiero hablar con Rachel sobre algo y el recreo es dentro de mucho tiempo.

—Bueno, ahora no es demasiado. Es tiempo de escritura creativa y luego almuerzo. Tal vez puedas escribirlo todo en tu diario.

Alyssa se horroriza ante ese pensamiento.

—Oh no. Esa no es una buena idea.

—¿Por qué no escribes sobre tu día de ayer, después de la escuela? Quizás eso ayude a que el tiempo pase más rápido. O podrías escribir una historia de aventuras. Tienes mucho talento en eso.

—Es una buena idea, lo haré, gracias, señorita Truehart. —Alyssa escribe toda su aventura con Tsilly y ver a su mamá. Apenas le da tiempo de terminar de escribirlo todo antes de que llegue la hora del almuerzo.

Alyssa insta a Rachel a comer rápido, después de que están en la mesa del almuerzo.

—Necesito hablar contigo, es muy importante.

—Aquí estoy, háblame.

—No, no puedo hacerlo en la cafetería, no podemos dejar que nadie más escuche.

Rachel mira a su alrededor.

—Es bastante ruidoso aquí, dudo que alguien más pueda escucharnos.

—No puedo arriesgarme. Date prisa y come, ¿de acuerdo?

—Si mi mami me hizo mi favorito, así que tendrás que ser paciente.

Cuando finalmente llegan al rincón más alejado del patio de recreo, sin nadie más cerca, Alyssa le cuenta a Rachel todo sobre su aventura en Tsilly.

—¿Tu mamá dijo que te iba a enviar una nueva madre que sería la nueva esposa de tu papá? Eso suena medio loco, Alyssa.

—Estoy diciendo la verdad y creo que la señorita Truehart es la enviada.

—¿Qué, la señorita Truehart? —Rachel la mira—. Eso es aún más loco.

—¿Por qué? La señorita Truehart es bonita.

—Sí, pero...

Alyssa se cruza de brazos.

—Y mi papá es guapo.

—Sí, pero...

—Y ellos se miran de forma rara, especialmente cuando el otro no está prestando atención.

—¿En serio? ¿Te refieres a con aspecto de enamorados? —Rachel abre los ojos, sorprendida.

—No exactamente, más como si quisieran saber más cosas, como tratar de decidir si quieres dulces o pastel. Pero también tiene un aspecto fuerte. Oh, no puedo explicarlo, pero lo he visto en películas y siempre es cuando dos personas comienzan a salir y se enamoran.

Rachel asiente sabiamente.

—Oh, bueno en ese caso, felicitaciones por tu nueva mami.

—Sí, ahí es donde entra el problema con el que tienes que ayudarme. Papá dijo que no saldrá con la señorita Truehart.

—¿Por qué no?

Alyssa se encoge de hombros.

—Dijo que era inapropiado.

—¿Qué significa inapropiado?

—Algo como, no es una buena idea.

—Oh, eso es un fastidio. —Rachel niega con la cabeza y luego mira fijamente a su mejor amiga—. ¿Cómo puedo ayudar?

—Tenemos que encontrar una manera de unir a esos dos.

—¿Nosotras? ¿Quieres mi ayuda?

Alyssa dice—: Puedes darme ideas.

—¿Ideas para hacer qué?

—Ideas de cómo juntar a papá y a la señorita Truehart, para que puedan enamorarse.

Rachel se ríe.

—Oh, él es tu papá y ella es tu maestra. ¿Qué hay de las reuniones de padres y maestros?

—Es una buena idea, Rachel, pero sólo suceden unas pocas veces al año.

—¿Y si tuvieran reuniones de padres y maestros con más frecuencia?

—¿Por qué harían eso? —Alyssa se coloca un mechón de cabello detrás de la oreja.

Rachel dice sabiamente—: Bueno. Conozco a la mamá de Tommy, se reúne más a menudo con la señorita Truehart.

—Sí, pero eso es porque Tommy no sabe leer muy bien y se mete en muchos problemas. Leo muy bien y no me meto en problemas.

—Es cierto, pero ¿y si te metes en problemas? Ya sabes, como si hicieras algo malo, entonces la señorita Truehart tiene que llamar a tu papá. —Rachel recoge un poco de tierra y piedras y deja que se le resbalen de la mano.

—Pero entonces papá se enojaría y yo me metería en problemas —dice Alyssa horrorizada—. Quizás incluso castigada, eso no sería divertido. ¿Qué pasa si me castigan y no puedo ir a tu casa o ver la televisión?

—Eso sería triste, pero mi papá siempre dice que el fin justifica los medios, o algo así. —Rachel asiente con firmeza.

—¿Entonces, de qué se trata todo eso?

—Oh, él dice que, si lo que sea que funciona, entonces vale la pena haberlo hecho, incluso si te metes en problemas. Se llama sacrificio.

—¿Qué? —pregunta Alyssa, confundida.

—Si eres traviesa y te metes en problemas, pero tu papá se junta con la señorita Truehart, como, el castigo sería solo por unos días, pero una nueva mamá sería para toda tu vida. Entonces, ¿valdrá la pena el castigo de que tu papá consiga una nueva esposa y tú una nueva mamá?

Alyssa piensa en eso.

—Hmm, tal vez. ¿Pero qué puedo hacer yo para ser traviesa? Soy una buena niña y no hago cosas malas.

—No sé; Tampoco soy una niña traviesa. Tal vez deberíamos vigilar a Tommy para ver qué podemos aprender.

—Ese es un buen plan.

—Sabes, una cosa que a papá le gusta hacer es que escojamos nuestro castigo. —Alyssa se lleva un dedo a los labios—. ¿Qué pasa si hago algo desordenado en la escuela y luego escojo mi castigo para ayudar a la señorita Truehart después de la escuela todos los días, como una semana? Entonces papá tendría que recogerme y vería a la señorita Truehart todos los días.

—Esa es una gran idea, Alyssa. Oh no, acaba de sonar el timbre. Tendremos que volver corriendo a clase; estamos muy lejos. No queremos que las *dos* nos metamos en problemas, sólo tú.

Ellas salen corriendo y se ríen todo el camino.

Un par de horas después, Alyssa tiene la idea perfecta para su primer acto en *La campaña traviesa*. Ella está segura de que funcionará. Sólo quedan unos minutos en la jornada escolar y va a hacerlo, va a hacer un gran lío. Suena el timbre de fin de clases y Alyssa finge estar buscando algo en su escritorio, mientras la mayoría de los niños salen corriendo por la puerta. Luego ella se levanta y va a recoger su mochila. Una vez que la tiene, se acerca al área de manualidades y luego gira su mochila en un gran círculo para ponérsela. Pero choca con el caballete más cercano, que derriba otro caballete, que se estrella contra las pinturas y marcadores, que salen volando por todas partes. Algunas de las pinturas no están bien cerradas y la pintura vuela por las paredes y el piso. Algunas de las imágenes que han hecho sus compañeros de clase ahora tienen salpicaduras de pintura. Ella lo ha logrado, pero es un desastre mucho mayor de lo que había planeado.

—¿Alyssa, qué pasó? —grita la señorita Truehart.

Los ojos de Alyssa se llenan de lágrimas; ella no había querido arruinar las cosas.

—Señorita Truehart, mi mochila golpeó un caballete y todo explotó.

La señorita Truehart suspira—: Está bien, lo limpiaré. Ve al autobús.

—Oh no, señorita Truehart, necesito ayudarla a limpiar este desastre. Hice un desastre como este en casa con mi mochila y papá insistió en que lo limpiara.

—Pero primero lo llamamos y nos aseguramos de que esté de acuerdo.

La señorita Truehart llama a papá y le explica la situación. Su maestra dice que él está de acuerdo en que sería bueno que Alyssa ayudar a limpiar. Mientras la señorita Truehart está hablando por teléfono, Alyssa comienza a limpiar el desastre. Agarra el balde y los trapos que a veces usan para limpiar los derrames y va al fregadero a buscar agua. Vuelve al desorden y empieza a limpiar la pintura del suelo. No sabe qué hacer con las imágenes de sus amigos. Ella está triste por haber arruinado algunas de ellos.

La señorita Truehart se acerca y abraza a Alyssa.

—Fue un accidente, cariño, lo limpiaremos.

—Pero las pinturas están arruinadas. Yo no quería hacerlo.

—Sé que no. Las quitaré y veré si puedo quitarles la pintura, mientras tú trabajas en el suelo.

—Espero que pueda arreglarlas, señorita Truehart —dice Alyssa mientras las lágrimas brotan de sus ojos.

—Va a estar bien. Siempre podemos hacer más imágenes si se estropean.

—Pero no serán las mismas.

—Ahora deja de preocuparte y limpia. Haremos lo mejor. Cuando el agua se ensucie demasiado, asegúrate de cambiarla.

—Está bien, señorita Truehart.

Trabajan durante un tiempo y la señorita Truehart hace un buen trabajo arreglando las imágenes. Luego, mientras se secan, se acerca para ayudar a Alyssa con el resto del desorden. Están colocando los marcadores lavados en sus cajas limpias cuando entra el papá de Alyssa.

Alyssa corre hacia su padre y se abraza a él.

—Oh, papá, hice un desastre terrible. Casi arruino algunas de las obras de arte de los niños, pero la señorita Truehart lo arregló.

***

Hank abraza a su hija para consolarla en su angustia y mira hacia donde la señorita Truehart está guardando los últimos materiales. Ella tiene un poco de pintura en una mejilla y en sus manos. Su cabello está desordenado fuera del elegante moño en el que había estado y su ropa está arrugada y húmeda en algunos lugares. Pero ella se ve increíble a los ojos de Hank. Santo cielo, la mujer probablemente podría usar un saco de yute y él todavía la estaría deseando. Él necesita controlarse.

***

Ellen mira hacia arriba mientras Hank entra y casi se traga la lengua. Dios mío, ese hombre es guapísimo.

Ella se ocupa de los materiales de arte mientras Alyssa corre a sus brazos. Ellen está un poco celosa de la niña; a ella le gustaría tener esos brazos fuertes a su alrededor, daría lo que fuera por ser abrazada por ese hombre amoroso y paciente.

Él había sido amable por teléfono cuando ella lo llamó. Su primera reacción fue la preocupación por su hija, pero una vez que Ellen le aseguró que no pasaba nada, un poco de agua y jabón no arreglaría, le dijo a Ellen que Alyssa podía quedarse a ayudar y limpiar. Él se rio entre dientes y dijo que ella había derribado la leche con su mochila hace unas semanas y él la había hecho limpiarla. Entonces, no le sorprendió que Alyssa se hubiera ofrecido como voluntaria para ayudar.

¡Qué buen hombre es! Y ahora, aunque necesitó conducir al pueblo especialmente para recoger a su hija, no la está regañando, la está consolando. Ellen está segura de que él debe tener defectos, pero hasta ahora no ha visto ninguno. *Sólo mi suerte, ser estúpida en la lujuria con un hombre realmente dulce.* Ella lo mira y se ríe entre dientes. Ciertamente no se ve dulce, se ve sexy. Es hora de controlarlo y hablar con él.

—Gracias por dejar que Alyssa se quedara a limpiar.

Él aprieta a su hija por última vez y se pone de pie.

—De nada.

—Cuatro manos hicieron que la limpieza fuera más rápida.

—Sí, esto... —Hank busca en su bolsillo su pañuelo limpio y lo sumerge en el agua limpia—. Tienes algo de pintura...

Él se acerca a ella y suavemente limpia la mancha de pintura de su mejilla.

—Oh, debo parecer un susto.

—No, te ves genial. Quiero decir. No, te ves bien. Sólo un poco de pintura. En tu mejilla. —Hank se aclara la garganta—. Se ha ido ahora.

—Gracias —ella susurra.

Hank da un paso atrás. —Así que... si ha terminado, yo... será mejor que la lleve a casa.

Ellen parpadea, da un paso atrás también, fuera de la zona de peligro, y señala vagamente hacia el área de arte.

—Por supuesto. Gracias por venir a buscarla y... todo eso.

Hank mira hacia el área de arte que ella le había indicado. Alyssa está mirando las imágenes que Ellen había restaurado.

—¿Lista para ir, muñequita?

—Claro, papá. ¿Nos vamos a casa?

—Sí, ¿a dónde más iríamos?

—Pensé que tal vez llevaríamos a la señorita Truehart a cenar de nuevo, ya que hice un gran lío y ella tuvo que quedarse más tiempo.

Ellen dice—: Oh, no, Alyssa. No es necesario, solo voy a...

—Es una buena idea, Alyssa, pero esta noche no podemos. Tengo una llamada muy importante con la asociación de ganaderos en un momento.

—Oh cierto, lo olvidé. Tal vez podamos hacerlo otro día.

Ellen dice—: No hay necesidad de eso. Te veré mañana, Alyssa.

—Pero... Está bien, señorita Truehart.

Hank inclina el sombrero.

—Buenas noches, señorita Truehart.

—Buenas noches, señor Jefferson.

Después de calificar sus trabajos esa noche, ella todavía piensa en Hank Jefferson. Ella tiene que sacar a ese hombre de su cabeza. Quizás una ducha caliente y un buen libro le darán algo más en lo que pensar.

Ella lee una animada historia sobre un nabo carnívoro que quiere recomendar a sus alumnos, especialmente a los chicos a los que no les gusta tanto leer. Es una premisa un tanto asquerosa, pero definitivamente atraería a niños de ocho años. Ella siempre está buscando cosas para atraer a sus estudiantes a leer por placer. Pero ahora es la hora de dormir.

Ellen no tiene una noche de descanso. Sigue teniendo sueños calientes sobre Hank Jefferson. Verlo dos días seguidos está jugando con su cabeza y su libido. Ella necesita controlarse, pero no es ni siquiera capaz de controlar sus sueños ni sus fantasías diurnas. Ella está decidida a ignorarlos a ambos. Aunque, no puede decidir si espera no volver a verlo esta semana o si desea volver a estar con él pronto. Es un acertijo.

En este momento, necesita irse a trabajar. El café ayudará y tal vez una bebida energética por la tarde.

Capítulo 6

Alyssa está tratando de pensar en lo que podría hacer hoy para *La campaña traviesa*, para que su padre vuelva a recogerla en la escuela. Necesita pensar su plan detenidamente, para no destruir nada. Ayer se había molestado cuando había manchado pintura en las imágenes de sus amigos. La señorita Truehart les había explicado que les había rociado con algo de material, lo que evitaba que la tiza cubriera todo cuando se llevaran sus creaciones a casa, y los había protegido de su desastre. Ella había evitado que la pintura se absorbiera, mientras que la señorita Truehart la limpió rápidamente.

Ella se alegra de que hubiera funcionado, pero aún tiene que pensar detenidamente en su próxima idea para su campaña. *Tal vez en lugar de hacer un lío, podría hablar demasiado o algo así, para meterme en problemas.* Tommy se mete en problemas por ser malo con los otros niños, pero Alyssa no cree que pueda hacer eso; le agradan demasiado todos como para herir sus sentimientos. Tal vez podría fingir que no entendió algo y podría quedarse después de la escuela para pedir ayuda.

***

Hank llama a su hija—: Alyssa, vas a perder el autobús si no bajas rápido.

Alyssa entra corriendo a la cocina.

—Lo siento, papá.

—Aquí tienes, desayuna —dice Hank mientras le entrega a su hija un plato con huevos revueltos y pan tostado. Él ya le había servido un vaso de jugo de naranja y lo había puesto en la mesa frente a su silla.

—Está bien, papá. Me daré prisa.

Hank suspira. Él se siente malhumorado y se está desquitando con su hija.

—Está bien, niña, tienes mucho tiempo. Me siento un poco malhumorado esta mañana.

Por decirlo suavemente, no está dispuesto a entrar en más detalles. Se había despertado esta mañana después de un sueño intensamente erótico con Ellen Truehart, con una erección que aún no ha desaparecido por completo, a pesar de una ducha fría y preparar el desayuno y el almuerzo para sus tres hijos.

Este enamoramiento por la maestra de su hija tiene que terminar. Ahora. La evitará como la peste, si puede. Pero ella es la maestra de su hija, así que eso no va a suceder. Voy a tener que lidiar con ella, sin toda esta locura. *No tengo diecisiete años, por el amor de Dios. Soy un adulto con tres hijos, no es como si nunca hubiera tenido relaciones sexuales antes.* Él sigue pensando en su suave cabello rubio y ojos azules y las pecas en su nariz. Quiere besar a cada uno y ver si hay otras escondidas en otros lugares de su cuerpo. Él quiere ver...

—Papá, he terminado de comer. ¿Puedo tener mi almuerzo ahora? Creo que viene el autobús escolar.

Gracias a Dios, ella había interrumpido sus pensamientos; no necesita ponerse duro frente a su hija de ocho años.

—Sí, cariño, aquí está. Adelante, vete, te veo esta tarde.

—Okey. Adiós, papá.

—Adiós, Alyssa. Sé buena hoy.

Alyssa sale corriendo por la puerta sin responderle con su habitual respuesta—: Siempre lo soy, papá. —Ella debe haber tenido demasiada prisa.

Más tarde ese mismo día, cuando recibe la llamada de la señorita Truehart, él cambia de opinión al respecto. Alyssa está de nuevo en problemas. Ella había estado hablando durante la clase y molestando a los otros estudiantes durante el tiempo de matemáticas.

Entonces, él va a buscarla de nuevo, ya que había estado de acuerdo con la señorita Truehart, que lo mejor sería que el castigo se hiciera ese día. Él se pregunta por qué ella está actuando tan mal; él sabe que ha sido una semana difícil para ella, ya que es el segundo aniversario de la muerte de su madre, pero ella siempre ha sido una buena chica.

¿Por qué está siendo tan traviesa últimamente?

Cuando Hank llega a la escuela, Ellen le dice a Alyssa que continúe con las consecuencias que se ha ganado por su comportamiento, por lo que está ayudando a limpiar el aula. Ellos tienen un conserje para eso, pero Ellen le dice que ella ha decidido desde comienzo del año escolar que usaría la limpieza como castigo.

Ellen se encuentra con Hank en el pasillo y se alejan de la puerta para hablar en privado, fuera del alcance de Alyssa. Ellen se para cerca de él para hablar en voz baja y a él le cuesta concentrarse en sus palabras. Su olor se arremolina a su alrededor. Ella huele a flores, tiza y mujer.

Ellen dice—: ¿Tienes alguna idea de lo que está pasando con Alyssa? Ella está actuando diferente a como lo ha hecho en los últimos meses.

Él la mira a los ojos ansiosos y trata de apartar sus pensamientos de besar las pecas de su nariz.

—Dime lo que pasó.

—Estábamos haciendo trabajo de matemáticas y siempre es un momento tranquilo, para que los niños se puedan concentrar. Alyssa terminó rápidamente, como suele hacerlo, pero cuando terminó, en lugar de sacar su libro y leer en silencio, comenzó a hablar. Al principio, le susurró al niño a su lado. Le dije que por favor se callara y sacara su lectura, si había terminado con sus matemáticas. Sacó su libro, pero luego comenzó a hablar con el niño del otro lado. Ninguno de los niños con los que estaba hablando respondió, aparte de mirarla y tal vez sonreír. Le dije de nuevo que se callara. Ella se quedó callada por unos minutos y luego me miró, se sonrojó un poco y comenzó a hablar de nuevo. La llevé a la parte de atrás del salón lejos de todos, lo que hago a veces cuando uno de los niños se está portando mal. Es la primera vez para ella.

—Sí, ella siempre ha sido una buena niña.

—Pero ella habló más alto desde el fondo del salón. Finalmente volví y le dije que te llamaría. Una vez que hice la llamada y le dije que se quedaría después de la escuela, se calló y no causó más problemas. Primero pensé que era porque estaba en problemas, pero no parecía estar molesta; de hecho, parecía feliz, lo que me parece extraño.

—Sí, suena extraño. ¿Por qué estaría feliz de ser castigada?

—Ella realmente no parecía feliz por ser traviesa, de hecho, parecía resignada. Pero tan pronto como le dije que te iba a llamar, ella pareció animarse. Y cuando le dije que se quedaría después de la escuela por su castigo, tú habrías pensado que le había dado un premio. Prácticamente estaba radiante.

—¿De verdad? Eso no tiene sentido.

—Eso es lo que yo pienso también.

Ellen se acerca aún más a él y le susurra—: No mires, pero ella está asomando por la puerta, mirándonos. Sonriendo como si fuera navidad.

De repente se enciende la luz y Hank sabe lo que está pasando. Él gime.

—Creo que sé lo que está pasando con ella.

—¿Qué es?

Hank se frota la mano en la nuca y siente que le arden las mejillas. Se aclara la garganta.

—Bueno, es un poco vergonzoso.

—¿Qué? ¿Por qué?

—Creo que está haciendo de celestina.

—¿Celestina? —repite Ellen estúpidamente.

Hank se aclara la garganta de nuevo.

—Sí, después de que fuimos a cenar la otra noche ella sugirió que, bueno... que saliéramos.

—¿Salir? ¿Tú y yo? ¿Como en una cita?

—Esto... sí, exactamente. Yo le dije que no. Que eso no iba a pasar. Nunca.

Ellen se sacude como si la hubiera abofeteado.

—Oh. No es que no seas atractiva. De hecho, eres demasiado atractiva. Pero le dije que era inapropiado que yo saliera con su maestra.

—Oh sí. Por supuesto. No puedo salir con el padre de un estudiante. Me podrían despedir por eso y simplemente no vale la pena.

Esta vez Hank se estremece. *Ay. Él no vale la pena. Después de toda la lujuria que he sentido por la mujer, y ella cree que no valgo la pena.*

Ella debe haber notado su reacción porque se apresura a decir—: No es que no me sienta tentada, pero bueno, no llevo mucho tiempo en mi trabajo y realmente me gusta, y no quiero tener que encontrar un nuevo trabajo y mudarme de nuevo y... —Ella se ve tan linda que él quiere besarla.

Hank se ríe entre dientes.

—Entonces, ambos estamos tentados, pero ambos sabemos que no puede ir a ninguna parte.

Ellen suspira—: No, no puede.

—Vamos a hablar con Alyssa al respecto.

—Sí. —Ambos se giran hacia la puerta y ven a Alyssa huir. Cuando llegan al salón, ella tiene una escoba en la mano.

Hank esconde una sonrisa y dice con severidad—: Alyssa, por favor, baja la escoba. Necesitamos hablar contigo. Ven aquí.

—Está bien, papá. —Ellen y Hank se sientan y Alyssa se para frente a ellos.

—Alyssa, sé que estás siendo traviesa para unirnos a tu maestra y a mí.

—¿Cómo supiste...? Quiero decir, no, no lo estoy siendo por eso.

Hank dice—: ¿Oh? Entonces, ¿por qué estás siendo traviesa?

—Bueno, no estoy tratando de ser...

—Alyssa, no añadas mentiras a tus actos.

Los hombros de Alyssa se hunden.

—Está bien, papá. Sí, estoy siendo traviesa para que tú y la señorita Truehart estén juntos. Creo que ella sería una gran esposa y sería una muy buena mamá para mí y para los chicos.

La señorita Truehart jadea y se pone de un delicioso tono rosa. Aparentemente, ella no se había dado cuenta de que Alyssa estaba haciendo campaña por una nueva madre.

—Alyssa, no puedo casarme con tu padre.

—¿Por qué no?

Ellen balbucea—: No lo conozco tan bien y...

—Pero es por eso por lo que yo estaba tratando de que estuvieran juntos, para que puedan conocerse mejor.

—Sí, pero no sería ético para mí salir con tu padre.

—¿Qué significa poco ético? —pregunta Alyssa.

—Bueno, no está permitido o no está bien. No me está permitido salir con tu padre.

—¿Por qué no, señorita Truehart? ¿No puedes tener amigos?

—Sí, por supuesto, puedo tener amigos.

—¿Pero no puedes ser amiga de mi papá? —Alyssa cruza los brazos sobre el pecho.

—Sí, puedo ser amiga de tu padre...

—¿Entonces, puede salir a cenar con sus amigos?

—Sí, pero...

—¿Puedes montar a caballo con tus amigos? —pregunta Alyssa.

—Sí, pero...

—¿Puedes ir al cine con tus amigos? ¿O ir a la casa de su amigo a cenar?

Hank detiene el interrogatorio.

—Alyssa, ya estuvo bueno. La señorita Truehart puede hacer esas cosas con sus amigos y lo sabes.

—¿Entonces, por qué estaría mal que la señorita Truehart hiciera esas cosas contigo?

Hank se encoge de hombros y mira a Ellen.

—No sé qué decir.

Ellen frunce el ceño.

—Alyssa, no puedes manipular a la gente para que haga lo que quieres que hagan. No está bien. Tus payasadas me han dado más trabajo que hacer y han interrumpido las jornadas laborales de tu padre, para que pueda venir a buscarte. No está bien de tu parte hacer eso.

Los ojos de Alyssa se llenan de lágrimas.

—Lo siento, papi. Lo siento, señorita Truehart. No quise causar problemas. Creo que serías una mamá maravillosa, y papá la mira de manera diferente que a las otras mujeres. Y usted mira a papá de manera diferente a como mira a los otros papás.

Las mejillas de Ellen se sonrojan de nuevo y Hank apenas puede apartar la mirada. Ella se ve adorable. Pero necesita mantener a Alyssa bajo control.

—Alyssa, todavía no es tu decisión. La señorita Truehart y yo somos adultos y sabemos qué es lo mejor para nuestras vidas. Necesitas detener estas payasadas ahora mismo. ¿Lo entiendes?

—Sí, papi. Volveré a ser una buena niña.

—Bien. —Él asiente.

—¿Pero podrían tú y la señorita Truehart pensarlo mucho y asegurarse de que realmente no quieren tener una cita o al menos ser amigos?

—Toma tus cosas, Alyssa. Nos vamos a casa ahora.

Cuando Alyssa va a buscar su mochila y su abrigo, Hank dice en voz baja—: Lo siento, Ellen, sé que eso fue vergonzoso.

—Está bien, me alegro de habernos enterado de lo que estaba pasando. No sé lo que ella estaba planeando a continuación.

Hank mueve los pies y la mira.

—¿Sabes montar a caballo?

—Me encanta, pero no lo he hecho en mucho tiempo.

—Me encantaría dejarte montar el mío, si quieres.

—Oh, pero...

Hank suspira.

—Ella hizo algunos puntos válidos; podríamos ser amigos. Y si te encanta montar, me encantaría dejarte. ¿Has estado antes en un rancho de ganadero?

—No.

—El mío es pequeño, lo suficientemente grande para alimentar al pueblo y mantener el ganado. Y tengo una pequeña hilera de caballos. Usamos los vehículos de cuatro ruedas para hacer gran parte del trabajo, pero a veces todavía me encanta montar a caballo. De todos modos, estaremos encantados de que vengas un fin de semana a montar a caballo. Quizás podríamos hacer un picnic. Tengo una tierra bonita, con una buena vista del lago Chelan.

Ellen parece melancólica. —Suena divertido.

—Bien, ¿este fin de semana o el próximo?

—No tengo ningún plan. Todavía no conozco a mucha gente.

—Bien. No me refiero a que no tengas muchos amigos. —Hank se encoge de hombros y se aclara la garganta—. Bueno, entonces este fin de semana. ¿Sábado, tal vez a las once?

—Sí, ¿debería preparar un picnic?

—No, nosotros nos encargaremos de todo. ¿Tienes botas?

Ella sonríe.

—Creo que sí, pero si no, las conseguiré para el sábado.

Hank sonríe mientras camina hacia la camioneta con Alyssa. Él tiene una cita con Ellen Truehart. No, va a llevar a una amiga a montar. No es una cita. No están saliendo. *No, definitivamente no estamos saliendo.* Entonces, ¿por qué tiene una sonrisa de comemierda en su rostro?

***

Ellen no puede creer que ella hubiera accedido a montar a caballo en la casa de Hank Jefferson el sábado. Le encanta montar a caballo y han pasado años desde la última vez que pudo hacerlo. Pero ella no cree que esa sea la única razón por la que tiene ganas de dar vueltas y reír. Ella piensa que mucho de eso se debe al hombre con el que estaría montando. No es una cita, son dos amigos que van a montar. No una cita, solo amigos. Pero cuando cierra su salón de clases, es difícil decirle a su corazón que *solo son amigos.*

Se está haciendo tarde cuando se dirige a su carro. No es del todo oscuro, pero ella llega rápido. Se sobresalta cuando la voz de un hombre dice su nombre. Ella se da la vuelta para ver a Edward Jameson, el técnico informático que está preparando el laboratorio para los estudiantes.

—Oh, Edward. Me asustaste.

Edward se acerca, un poco demasiado cerca, pero su carro está detrás de ella, por lo que no puede dar un paso hacia atrás.

—No era mi intención asustarte, Ellen.

—¿Qué puedo hacer por ti, Edward?

—Sal conmigo el sábado por la noche.

—Oh, no puedo. Yo, esto... Bueno, tengo planes

Él sonríe con suficiencia.

—¿Ah, de verdad? ¿Con quién?

Ellen se pone rígida. —Edward, mis planes privados son solo eso: privados.

—Bien, entonces sal conmigo el *viernes* por la noche.

—No, gracias, Edward. No creo que sea una buena idea salir con otros profesores. Tenemos que trabajar juntos; no queremos que las emociones se interpongan en el camino.

Edward pasa un dedo por su mejilla.

—Voy a intentar cambiar tu opinión sobre eso.

Ellen se estremece ante su toque, y no en el buen sentido.

—Preferiría que *no intentaras* cambiar mi opinión.

—Ya veremos. —Él se gira y se aleja.

Ellen se apresura a subir a su carro y se marcha. *Bueno, eso fue incómodo.* Ella esperaba haberlo desanimado. Ella no necesita ese tipo de acoso, de nuevo, en este nuevo trabajo. Al menos con Edward, él sólo está en la ciudad por un corto tiempo. Normalmente trabaja en una empresa de alta tecnología en Seattle, pero tuvo que tomarse un descanso de noventa días, ya que es un contratista, es una regla extraña que es una práctica estándar aquí, pero inaudita en cualquier otro lugar. Entonces, él había venido a la ciudad, donde vive su familia, para instalar el laboratorio de computación de la escuela. Probablemente estará en la ciudad sólo otras seis semanas. Con suerte, ella podrá evitarlo durante un tiempo. Mientras se aleja, se olvida del incidente y empieza a pensar en el sábado. Pero el brillo de esos planes se ha visto empañado por la actitud de Edward Jameson.

43

Capítulo 7

Alyssa está empezando a desear no haberle sugerido nunca a su padre reunirse con su maestra. Él se ha vuelto loco. Su padre, normalmente tranquilo y de buen genio, se ha convertido en un dictador. Todos habían limpiado la casa, como si Dios mismo fuera a visitarlos. Habían limpiado lugares que ella ni siquiera sabía que se podían limpiar, como debajo de la estufa y el refrigerador.

¿Él piensa que la señorita Truehart los movería y vería si hay suciedad detrás de ellos? La casa casi brilla porque está tan limpia, y el jardín ha sido arreglado y recién cortado. Incluso el establo de caballos ha sido limpiado por todos lados, parece casi nuevo. Ella nunca había visto a su papá tan alborotado. Alyssa y sus hermanos se esconden para evitar que les asignen más labores de limpieza.

***

Hank sabe que ha perdido la cabeza. Él ha estado sobre los chicos durante varios días para limpiar la casa. Él está seguro de que se están escondiendo de él. Pero él quiere que la casa esté limpia y bonita para Ellen cuando venga de visita. Él puso a los peones del rancho a trabajar en el patio y el establo, para que también se vean perfectos. Cree que sus trabajadores se han escabullido esta mañana en los vehículos de cuatro ruedas para ir a *revisar el ganado*, o en realidad para *alejarse del loco*. No puede culparlos; él ha sido un poco intenso, pero ahora todo se ve reluciente así que ha valido la pena.

Él está terminando de empacar el almuerzo de picnic en las alforjas que llevarían consigo. Tienen suficiente comida para llenar una hielera, por lo que se necesitan varias bolsas para meterlo todo. Los caballos están listos y su castrado tiene una manta atada a la parte posterior de la silla. Lleva ponchos para la lluvia adosados a la yegua que había elegido para Ellen, a pesar de que no hay una nube en el cielo y el meteorólogo había dicho que sería inusualmente cálido y seco.

Él está vestido con sus mejores jeans, una elegante camisa, su Stetson y sus mejores botas, todo lo cual nunca usa para montar. Pero ahí están, en su cuerpo y en sus pies. Probablemente arruinará sus botas buenas hoy, pero no puede convencerse de ponerse otro par; quiere lucir lo mejor posible.

Todo está listo y ella no llegará hasta dentro de una hora. Él gime y se pasea. Tiene que controlarse y calmarse, pero no sabe qué hacer para mantenerse ocupado. Así que sigue caminando.

***

Ellen está mareada y con náuseas al mismo tiempo. Ella está vestida con jeans y una elegante blusa de seda que se vería ridícula para cabalgar, pero no puede convencerse de cambiarse. Le encanta la blusa y le queda bien. Ella ha encontrado un buen par de botas vaqueras en una caja que aún no había desempacado y las ha lustrado. No las ha usado en años, pero sus pies son del mismo tamaño y están en buen estado, aparte de que el cuero está un poco seco, pero un poco de betún para zapatos lo había arreglado. Su cabello está recogido en un elegante moño retorcido con pequeños rizos colgando frente a sus orejas.

Ella podría entrar en un restaurante de cinco estrellas sin problemas. ¿Qué está haciendo con toda esta extravagancia? Va a dar un paseo a caballo. Sí, va con un hombre sexy y probablemente con sus tres hijos. Ella necesita calmarse y posiblemente cambiarse de blusa, pero sabe que eso no va a suceder. Ella agarra su bolso y sale por la puerta del carro. Ella nunca ha estado en el rancho de los Jefferson, por lo que sale temprano en caso de que se pierda. O al menos esa es la excusa que va a usar cuando llegue demasiado temprano.

Ellen conduce lentamente hacia el rancho. El GPS le indica que llegará allí alrededor de las diez cuarenta, que son veinte minutos antes, pero no se le ocurre ninguna forma de perder más tiempo. Ella se ha levantado temprano, se ha arreglado a fondo y había tratado de interesarse en algo, cualquier cosa, que le tomara algo de tiempo, pero no pudo encontrar una sola cosa que le llamara la atención. Ella va a estar en su casa demasiado temprano, pero no puede evitarlo. Va a parecer una tonta.

Cuando Ellen entra en el camino de entrada, frente a la casa, Hank sale por la puerta antes de que ella apaga el carro.

Él abre la puerta y la ayuda a salir.

—Gracias a Dios, estás aquí.

Ella siente que se sonroja.

—Llegué antes de la hora.

—No, he estado listo durante una hora, probablemente no debería admitirlo, pero…

Ella le sonríe.

—Conduje tan lentamente para llegar aquí, para alargar el tiempo, pensé que me arrestarían por conducir demasiado por debajo del límite de velocidad. O que me detendrían para ver si estoy borracha. Pero todos los oficiales deben haber estado ocupados.

Hank se ríe y le toma la mano.

—Ven.

Él mantiene la puerta abierta mientras Ellen entra en su casa. Mira a su alrededor al acogedor espacio; tiene grandes muebles mullidos en los que parece que puede hundirse. En una pared hay una chimenea y en la otra un televisor de pantalla grande. Hay fotografías de la familia en la repisa y Ellen nota que hay varias imágenes enmarcadas, que los chicos obviamente han hecho escuela en la clase de arte, hay muchos trabajos colgados en las paredes. *Qué dulce es eso.* Ella se pregunta si la idea había sido de él o de su esposa.

—Amo tus trabajos de arte, Hank.

Él parece avergonzado.

—Solíamos mantener los trabajos en el refrigerador, pero cuando se llenó demasiado decidí cambiar un poco las cosas. Cada uno de los niños pudo elegir sus dos favoritos y los hicimos enmarcar y colgar en la pared. Si tienen uno nuevo que quieren colgar, les dejamos intentar venderle a la familia la idea de enmarcar el nuevo. Luego votamos y, si es unánime, la imagen se enmarca y se cuelga.

La alegría llena su corazón y se derrama en una sonrisa.

—Es una gran idea, en muchos sentidos.

Hank sonríe y siente que sus rodillas se debilitan.

—Gracias, Ellen. Ahora, me pregunto dónde estarán mis hijos. —Él grita—: Chicos, la señorita Truehart está aquí.

Los tres chicos irrumpen en la sala.

Alyssa dice—: Hola, señorita Truehart.

—Hola, Alyssa.

Hank presenta a los chicos a Ellen y le dice sus edades.

Tim dice—: Hombre, me alegro de que esté aquí, señorita Truehart.

—¿Por qué, Tim?

—Oh, porque papá nos hizo limpiar y...

Hank se sonroja y se aclara la garganta para interrumpir a Tim, de diez años. Ella decide que él que probablemente hablaba a menudo antes de pensar.

Mike, de doce años, dice rápidamente—: Encantado de conocerla, señorita Truehart, Alyssa dice que es una gran maestra.

—Gracias, Mike.

Alyssa mira a su maestra.

—No va a usar esa bonita blusa para montar a caballo, ¿verdad, señorita Truehart? Papá nunca me deja usar mi linda ropa en los caballos.

Esta vez es el turno de Ellen de ponerse rosa.

—Alyssa, no avergüences a la señorita Truehart. —Él se gira hacia Ellen—. Te ves preciosa, pero espero que no se arruine en el paseo.

Alyssa mira a su padre.

—¿Y por qué tienes puestas tus buenas botas y tu sombrero, papá? Nunca los usas para montar.

Hank gime.

—Atrapado. Supongo que ambos estamos tratando de lucir mejor que nunca. Gracias por mencionarlo, Alyssa.

Alyssa les sonríe sin idea de que los había avergonzado a ambos. Hank y Ellen se ríen.

—Un poco tontos de nuestra parte, ¿verdad, Alyssa? —dice Ellen.

Hank se pasa la mano por el cuello.

—Probablemente pueda encontrar algo más para que te pongas en lugar de tu blusa de seda. Y probablemente yo debería ponerme otras botas.

—Eso está bien por mí.

***

Unos minutos más tarde, con Ellen con una de las camisetas de Mike y una chaqueta vaquera, y Hank con sus botas de montar, salen para subirse a los caballos.

Él dice—: Elegí una montura suave y tranquila para ti, ya que dijiste que no habías montado en un tiempo. Adiviné la longitud del estribo, así que adelante, súbete y los ajustaré si es necesario.

Ellen se monta en el caballo y Hank comprueba los estribos. Son sólo un poco largos, así que los ajusta. Él está tan cerca mientras los arregla, que puede percibir el olor del perfume de Ellen. Una ligera esencia floral que huele a cielo, con su propio aroma único que lo atraviesa. Hoy no hay olor a tiza ni a patio de recreo, sólo a mujer y a él le gusta mucho.

Ellos tienen un gran día cabalgando sobre la tierra. Los niños señalan todos sus lugares favoritos y su ganado. Están activos, por lo que le cuentan a Ellen todo sobre la crianza de sus propios terneros. La sede más cercana está en Waterville y esperan con ansias la noche de logros en unas pocas semanas.

Cabalgan junto al arroyo y suben a las colinas, hasta que tienen una gran vista de toda su tierra, con el lago Chelan al fondo. Almuerzan en la ladera y luego los niños preguntan si pueden volver a casa para hacer otras cosas. Hank les da permiso, pero les pide que regresen juntos a la casa y les pide a los chicos que ayuden a Alyssa con su caballo.

Alyssa se siente insultada por esta idea.

—Papá, no necesito ayuda, tengo ocho años.

Hank sostiene una sonrisa.

—Bien, pero quiero a los chicos contigo, así que puedes pedir ayuda si la necesitas. Son mayores y más fuertes.

Alyssa se cruza de brazos y frunce el ceño.

—Bueno, supongo que Molly es un poco alta y la silla es pesada, pero puedo arreglarla yo sola, ¿de acuerdo?

—Sí que puedes. Los chicos pueden ayudarte con las partes pesadas y tú puedes hacer el resto.

Los niños cabalgan hacia la casa.

***

Ellen ve a los niños cabalgar hacia la distancia y se apoya en sus manos.

—Tienes unos niños increíbles, Hank.

Hank pone las sobras en las alforjas. Es un trabajo bastante fácil; no queda mucho.

—Gracias, Ellen. Parece que les va bien. Han sido dos años difíciles, encontrar el equilibrio después de la muerte de su madre, pero parece que ahora nos está yendo bastante bien.

—Por lo que puedo decir, todos están bien adaptados y felices. ¿Tu esposa estaba enferma o fue un accidente?

—Estuvo enferma durante mucho tiempo; ella se fue debilitando cada vez más a medida que pasaba el tiempo. Fue aproximadamente un año y medio desde que comenzó a sentirse mal hasta su muerte.

Ellen asiente.

—Así que no fue inesperado, pero es difícil de ver.

—Exactamente. ¿De dónde eres, Ellen?

—Utah, no lejos de Salt Lake City.

—¿Qué te trae a nuestro pequeño bolsillo del mundo?

—Vi el puesto de profesor anunciado y decidí que parecía un cambio agradable. —Ellen sabe que está siendo vaga, pero no está segura de querer compartir algo más—. ¿Cuánto tiempo llevas viviendo en Chedwick? ¿Has vivido alguna vez en otro lugar?

—He vivido aquí toda mi vida al igual que mi padre y mi abuelo. A mi bisabuelo le picaban los pies cuando era joven y vino aquí en busca de un nuevo lugar para formar una familia; amaba esta tierra. Él era más un granjero que un ganadero, pero poco a poco esto se convirtió en un rancho. No es muy grande, no vendemos fuera del valle de Chelan y, en realidad, la mayor parte de la carne se usa aquí mismo en Chedwick. Pero nos mantiene ocupados y eso está bien para mí. Usamos el animal completo, por lo que no hay desperdicio.

—Oh, ¿vendes la piel a un trabajador del cuero?

Hank se sonroja.

—No, en realidad no, yo mismo uso la piel.

—¿Trabajas en cuero?

—Eh... bueno, sí.

Ellen está intrigada al ver que el hombre normalmente estoico se siente inseguro. Ella se pregunta por qué duda.

—¿Puedo ver algo de eso?

—Supongo... si quieres. Um, seguro.

Ellen decide darle un respiro.

—Es hermoso aquí arriba. La vista es grandiosa.

—Sí, la vista es muy hermosa —dice Hank en voz baja.

Ellen gira la cabeza para ver qué había causado el cambio en su voz. Él la está mirando, no mirando al lago.

—¿Hank?

—Muy hermosa —él dice mientras su mirada la recorre.

Ellen se siente atrapada en su observación. Ella no puede moverse. Ella no puede respirar. Ella no puede apartar la mirada. Ella no puede hacer esto. No puede dejarse atrapar por un hombre, incluso si es sexy.

—Hank, detente. No podemos, no deberíamos.

—Lo sé, pero... sólo tengo que... —Hank toma su mano y la atrae hacia él—. Sólo debo tener... una... *probadita*.

Y luego él la besa, suave, dulcemente. *Solo una probadita.*

Y él sabe tan bien.

Y luego se acaba.

Y ella quiere llorar.

Pero en cambio, lo agarra por la camisa y lo arrastra hacia atrás para *probarlo*. Uno más largo y satisfactorio. Él la atrae aún más cerca y ella se pega a él y abre la boca, para que él pueda *probarla*. Su lengua se sumerge dentro de su boca y ella lo prueba.

Y sabe maravilloso, todo hombre, y ella lo desea. *Quiere* más que una probadita. *Quiere* un banquete. *Quiere* atiborrarse de él. Ella *quiere* todo.

Pero ella no puede, así que se aparta.

—Necesitamos parar.

—Lo sé. Deberíamos irnos. —Él se gira para recoger sus alforjas con las sobras del picnic y la manta. Cuando lo tiene todo asegurado a las sillas y ella está en su caballo, él se acerca—. Pero solo para que conste, yo no quería parar.

—Sólo para que conste, yo tampoco.

Capítulo 8

Ellen no puede quitarse ese beso de la cabeza. Siempre que no se está concentrando, vuelve a entrar y se sorprende a sí misma soñando despierta. Santo cielo, ella está peor que sus alumnos. Ellos están prestando más atención a la clase que ella. Han pasado cinco días desde que ella ha estado en su rancho. Cinco días desde ese beso. Cinco días de ensueño. Cinco largas noches de sueños calientes y dolorosos. Ella tiene que controlarse. Lo piensa todo el día y lo sueña toda la noche. Fue sólo un beso, por el amor de Dios. No es como si fuera su primero. La habían besado antes, pero vaya, ese de Hank Jefferson ocupa el primer lugar en el ranking. Nunca había sentido algo así.

Ella sacude la cabeza y se gira hacia sus alumnos; todos la miran expectantes. Ella los mira y ellos la miran. No puede recordar de qué han estado hablando o qué están haciendo a continuación. Ellos no tienen nada en sus escritorios. Ella echa un vistazo al reloj. *Oh, recreo. Gracias a dios.*

—Ahora clase, han sido muy pacientes y callados. Pueden ir al recreo ahora. —Eso es lo último del silencio.

***

—Um, ¿Hank?

Hank sale de su ensoñación—su ensoñación muy caliente—sobre cierta maestra de la escuela. Bob está parado allí mirándolo.

¿De qué habían estado hablando? ¿Bob había estado allí mucho tiempo?

—¿Bob?

—¿Entonces, está bien?

—Sí, seguro. —Él no tiene idea de lo que está aceptando, pero si Bob piensa que es una buena idea, lo aceptará.

—¿Estás seguro? Te dejará con mucho que hacer.

—Esto... sí. Podemos arreglárnoslas.

—Genial, no he visto a mis padres en un par de años. Sé que estarán felices de tenerme en casa para el día de acción de gracias.

Ah, él acababa de pedir permiso para el día de acción de gracias. Bueno, él y los otros trabajadores podrían arreglárselas sin él durante un par de días.

Bob continúa—: Y los chicos esperan ganar el premio gordo en Las Vegas.

Oh no, debería haber prestado atención.

—Sólo hazme una nota de las fechas de tus idas y venidas, para que no me confunda.

—Sí, hice eso. Está, eh, en tu mano. ¿Estás bien, jefe?

Oh por el amor de Dios. Él levanta la mano y hay una nota en ella.

—Seguro, seguro. Estaba pensando en algo. No hay problema. Tengo que hacer una llamada telefónica.

—Pero el carnicero estará aquí en diez minutos.

—Volveré, no te preocupes. —Hank se gira y se aleja rápidamente. Él actúa como un idiota. Soñando con un beso con la maestra de su hija. Él tiene que volver a ser el de antes. Camina hacia la casa y entra por la puerta trasera, entra en la cocina y toma un trago de agua fría y luego se salpica la cara. Él mira la nota. *Todos* se irán por una semana. No es de extrañar que Bob esté preocupado. ¿Él podría manejar todo durante una semana, solo? Si, probablemente. Al menos espera poder hacerlo.

El carnicero entra y él sale corriendo para encontrarse con él. Tiene que mantener la cabeza sobre los hombros y no pensar en Ellen Truehart mientras el carnicero está allí, o se cortaría la maldita mano.

Se las arregla para mantener los dedos y dejar de pensar en la linda maestra de escuela, al menos mientras el carnicero está allí. Una vez que se va, Hank se mantiene ocupado con las tareas de la tarde y algunas llamadas a varios lugares para obtener los suministros que necesitarán para el invierno.

Mientras cenan esa noche, Alyssa le preguntó a su padre—: Papá, ¿podemos invitar a la señorita Truehart a celebrar el día de acción de gracias con nosotros?

—Oh, um, no lo sé, Alyssa.

—No creo que tenga a nadie con quien celebrar el día de acción de gracias, papá. Hoy hablamos sobre nuestros planes para el día de acción de gracias y cuando uno de los niños le preguntó qué iba a hacer, ella se sonrojó un poco y dijo que iba a tener un fin de semana tranquilo.

—Oh, tal vez quiera un fin de semana tranquilo.

—No, no lo creo. Uno de los niños le preguntó si iba a cenar con su familia y ella dijo que no, que su familia estaba demasiado lejos. Ella sonrió, pero no parecía una sonrisa feliz.

—Oh bien...

Mike dice—: Creo que sería divertido tenerla aquí para el día de acción de gracias, papá.

—Yo también lo creo, ella es agradable —dice Tim con la boca llena de habichuelas.

—Tim, no hables con la boca llena.

Tim traga.

—Lo siento, pero creo que deberíamos invitar a la señorita Truehart. Tal vez ella sepa hornear tartas.

—Oh, sí que sabe. Ella estaba hablando de hacer tartas en clase hoy.

—No vamos a invitar a la señorita Truehart a cenar y luego decirle que tiene que traer tartas.

—Nunca haríamos eso —dice Mike—. Pero si ella pregunta si puede traer tartas, no le diremos que no, ¿verdad?

Hank suspira, claramente derrotado.

—No, no lo haríamos. Sí, podemos invitarla. ¿Debería llamarla o quieren hacerle una invitación especial?

—Oh, hagámosle una invitación especial —dice Alyssa mientras sus hermanos asienten.

—Después de llevar sus platos al fregadero, pueden ir a la sala de manualidades y hacer una tarjeta.

—Hurra. —Los tres vitorean y corren hacia el fregadero con sus platos.

***

Hay muchas risas y desorden mientras hacen la tarjeta perfecta para la señorita Truehart. Se deciden por una tarjeta con forma de tarta en caso de que le dé una pista. Mike diseña la tarjeta mientras Tim y Alyssa trabajan en qué decir en el interior. Mike tiene dificultades para decidir entre la calabaza y la cereza, ya que la cereza es su favorita, pero la calabaza es *la tarta de acción de gracias*. Finalmente, él se decide por la cereza porque es más colorida y divertida de crear. Él corta muchos círculos rojos redondos para las cerezas y luego hace una corteza para la parte superior.

Tim y Alyssa finalmente se deciden por: Las rosas son rojas, las violetas son azules. Se acerca el día de acción de gracias y queremos que vengas a celebrar con nosotros. Luego, en la parte inferior, escriben: Por favor, venga a cenar con nosotros el día de acción de gracias. De todos los de Jefferson. Han dibujado flores rojas y azules y luego Alyssa había insistido en poner destellos por todo el interior de la tarjeta. Mike le había dicho que no cuando ella quiere que su tarta sea reluciente.

Cuando le muestran la tarjeta a su papá, él se ríe a carcajadas y con un fuerte suspiro, firma su nombre debajo de los nombres de los niños. Luego le dice a Alyssa que se lo dé a la señorita Truehart después de la escuela, no antes. También le dice a Alyssa una vez que le dé el sobre a la señorita Truehart que se suba al autobús y deje que la señorita Truehart lo lea en privado.

Alyssa está tan emocionada de darle la invitación especial a la señorita Truehart al día siguiente que tiene problemas para quedarse quieta durante la escuela. Cuando la señorita Truehart le pregunta si algo anda mal, ella dice—: No, señorita Truehart, pero hoy tengo algo para darle después de la escuela. —Después de eso, la señorita Truehart también parece tener problemas para quedarse tranquila.

LA NUEVA CONQUISTA DEL RANCHERO

***

A medida que se acerca el momento en que la escuela termine, Hank comienza a ponerse nervioso por la reacción de Ellen a la invitación con forma de tarta. Él espera que ella vaya a cenar con ellos y también espera que no se sienta ofendida por la rima y se dé cuenta de que los niños no tiene ni idea del doble significado. Cuando mira el mismo conjunto de números tres veces y aún no tiene idea de lo que dicen, se rinde, cierra su aplicación de contabilidad, apaga la computadora y entra en la casa. *Bien podría admitir que no voy a hacer nada más hasta que tenga noticias de Ellen.*

***

Ellen despide a los niños por el día y espera pacientemente a que Alyssa le traiga lo que sea que quiere darle. Alyssa saca un sobre grande de su mochila y se lo da a Ellen. Entonces Alyssa se despide y se va para subir al autobús. Ellen está confundida por sus acciones, pero espera hasta que todos los niños han salido del salón antes de abrir el sobre y sacar la tarjeta hecha a mano. Que linda. Una tarta de cerezas. La abre y lee el poema, luego lo lee por segunda vez, sonríe y marca el número de Hank.

Él responde al primer timbre.

—Hola, Ellen.

—Hola, Hank, esa es una gran invitación.

—Sí, los niños se lo pasaron genial haciéndolo, no tuve el corazón para decirles que la rima necesitaba trabajo. Además del hecho de que yo ni sabía ni qué decir para explicárselos.

Ellen se ríe disimuladamente.

—Me puedo imaginar, creo que la expresión de tu rostro podría haber sido divertida de ver la primera vez que lo leíste.

—Estaba pensando lo mismo sobre tu expresión. ¿Puedes venir a cenar con nosotros?

—Me encantaría. ¿Qué puedo llevar?

—Oh, no necesitas traer nada.

—No, quiero llevar algo —dice Ellen.

—Bueno, la tarjeta era una pista de lo que los niños esperan que traigas.

—Oh, qué lindo es eso —dice Ellen—. Yo estaría feliz de llevar una tarta. ¿Quieren cereza o calabaza o ambas?

—Ambas pueden ser buenas, Alyssa se vuelve loca con la tarta de calabaza y a Mike le encanta la de cereza. Tim y yo amamos cualquier cosa, en una cascara de tarta.

—Bien, tal vez también un pastel de chocolate, esa es mi favorita.

Hank gime.

—Eso lo resuelve, siempre debes venir a la cena de acción de gracias y traer tartas. O puede traer tartas en cualquier momento, sin ningún motivo. Ahora eres la portadora oficial de tartas.

Ellen se ríe.

—Supongo que te gusta el pastel de chocolate.

—Sí, señorita. Como dije, cualquier cosa que quieras poner en una tarta me va a encantar. Hacemos una cena bastante tradicional, pavo, salsa, papas. ¿Algo que te guste o no te guste en particular?

—No me gustan mucho las menudencias.

—Oh, no hay necesidad de preocuparse por eso, los niños se rebelarían si las preparara.

—Bien, eso es un alivio. Tengo una gran receta de bolitas de queso que se ha transmitido durante varias generaciones. Es un buen aperitivo. Yo también llevaré eso.

—Parece que tenemos un plan.

—Gracias por invitarme, Hank. No estaba deseando pasar el día sola, pero estoy feliz de unirme a ti y a los niños.

—Si quieres saberlo, fue idea de Alyssa.

—Es una niña muy lista.

—Sí, bueno, la niña inteligente acaba de bajar del autobús, será mejor que te deje. Espero que... vengas.

—Nos vemos pronto. —Ellen cuelga el teléfono con una gran sonrisa en su rostro.

Capítulo 9

Hank se alegra de que su esposa le hubiera enseñado a preparar la cena de acción de gracias el año anterior a su muerte. Cuando ella empezó a enfermarse, la acompañó pacientemente a través de cada paso y él continuó su tradición con los niños después de su muerte. Él espera que Ellen se sienta a gusto con ellos, ya que el día de acción de gracias se ha convertido en un evento bastante solemne en su casa, debido a que Charlene murió un mes antes. *Creo que Ellen animará la celebración; será una bendición, es hora de seguir adelante.*

—Buenos días, papá, ¿es hora de que rellene el apio? —pregunta Alyssa, saltando a la cocina.

—En un rato, muñequita, desayuna primero.

—Está bien, papá, pero es difícil desayunar cuando estoy pensando en la deliciosa comida de acción de gracias.

—Lo sé, cariño, pero come algo de cereal con moras encima. Hoy he descongelado unas cuantas para el desayuno.

—Está bien, papá. Me encantan las moras en mi cereal. Siempre me recuerda a ir a Blueberry Hills Farm en Chelan y recoger todas esas deliciosas bayas. Es mi época favorita de diversión veraniega, porque luego podemos ir al parque acuático al día siguiente.

—Sí, entre Blueberry Hills Farm y Slidewaters es un viaje divertido. —Hank le sonríe a su hija.

—Deberíamos llevarnos a la señorita Truehart con nosotros el año que viene, creo que a ella también le encantaría.

—Oh, um, no sé si podríamos llevarnos a la señorita Truehart. Ella, eh, bueno, probablemente tenga algo más que hacer en las vacaciones de verano.

—Podemos decirle lo divertido que es y preguntarle, ¿no es así, papá? —dice ella, sus grandes ojos color avellana mirándolo con tanta esperanza. Él se pregunta cuánto de esto se trata de la señorita Truehart y cuánto de eso es que su hija que necesita atención femenina. Ella está rodeada de todos los hombres cuando está en casa. ¿Extraña tener una mujer cerca?

—Pensemos en eso más cerca del verano.

—Está bien, papá. ¿Puedo ver el desfile mientras como?

—Sí, si lleva tu cuenco con cuidado. —Gracias a Dios, los niños se distraen fácilmente.

***

Ellen pone sus tartas en el carro con mucho cuidado. Ella tiene dos porta-postres, pero no tres. Pone la de cereza y el chocolate en los portaequipajes y pone la de calabaza en el asiento del pasajero del automóvil en un nido de toallas. Ella tiene una linda bandeja para servir que parece un pavo. Las bolitas de queso se quedan en el estómago del pavo y las galletas se meten en las plumas. Lo arreglará todo, una vez que llegue a la casa de Hank.

Ella está emocionada y nerviosa por ir a su casa a celebrar. No piensa que sea una buena idea pasar demasiado tiempo con él, pero no puede resistirse. Es divertido estar con él, él es entretenido y caballeroso, y como colirio para sus ojitos.

***

Hank está haciendo la cazuela de verduras, Alyssa está relenando el apio, Mike está pelando papas y Tim está poniendo la mesa. Ellen llegará en media hora y él quiere tener todo listo, para que puedan charlar y disfrutar de los aperitivos, mientras se cocinan las últimas cosas.

Cuando Ellen se detiene en la casa, Alyssa grita—: Ella está aquí —grita y sale corriendo por la puerta. Hank y los chicos la siguen, para ayudar a traer todo lo que necesita llevar adentro.

—Hola, señorita Truehart, me alegro de que esté aquí. Tengo que rellenar el apio.

Ellen sonríe.

—Un trabajo muy importante, Alyssa. ¿Con qué lo rellenas?

—Una parte está rellena de queso y pimiento y otra con mantequilla de maní. ¿Le gusta el queso y pimiento o la mantequilla de maní?

—Sí, me gustan ambos. Alyssa. ¿Te gustaría llevar mi plato especial de bolitas de queso?

—Oh, sí, señorita Truehart, es muy lindo. Tendré cuidado con eso.

—Hola, Tim, Mike, Hank. Feliz día de acción de gracias.

—Feliz Día de acción de gracias para usted también, señorita Truehart. ¿Podemos ayudarla a llevar algo? —pregunta Tim. Mike y Hank la saludan.

—Sí. —Ella les entrega las tartas y pastel a los chicos y trae su bolsa con los otros alimentos.

Alyssa coloca el plato de forma de pavo con bolitas de queso junto a su plato de apio relleno y la charola de camarones que su papá había comprado en Safeway en Chelan.

—Señorita Truehart, esta es la mesa del aperitivo. Tiene bocadillos y algunas bebidas. ¿Puedo ayudarte a preparar las bolitas de quesos?

—Sí, claro que puedes. Esto se ve fabuloso —Ellen nota un cuerno de la abundancia y algunos adornos de sombreros de peregrino raídos que los niños obviamente habían hecho en la escuela. Entregando a Alyssa las dos cajas de galletas, Ellen dice—: ¿Qué tal si pones las galletas en las plumas de pavo, Alyssa? Necesito poner algunas cosas en el refrigerador.

Hank está en la cocina comprobando la comida cuando ella entra con la crema batida. Cuando él dice—: Puse el pastel de chocolate en el refrigerador. ¿Es necesario refrigerar los otros dos?

—No, sólo la crema batida. —Ella la mete y cierra la puerta. Lo siguiente que sabe; Hank la ha llevado a la despensa.

—Estoy feliz de tenerte aquí y sólo necesito un pequeño beso —él dice mirándola como pidiendo permiso.

—Esto está mal, en muchos niveles, pero necesito un beso pequeño o tal vez uno grande, también.

Hank sonríe, luego la atrae hacia sí y baja la cabeza. Sus labios rozan los de ella en un beso suave y dulce, y un hormigueo la recorre. Ella se acurruca más cerca y se abre a él y no necesita una segunda invitación. Su lengua barre y ella puede saborear el café que él debe haber tomado antes. Pero incluso mejor que el café es su propio sabor único. Oh, ella podría besarlo, todo el día. Él la acerca aún más y saquea su boca.

—Señorita Truehart, me terminé las galletas. ¿Señorita Truehart?

Hank y Ellen se separan. Oh, Dios mío, Alyssa casi los ha pillado besándose como adolescentes. ¿Qué estaba pensando? Este hombre la está volviendo loca.

Hank se aclaró la garganta.

—Estamos en la despensa, Alyssa, buscando la salsa de arándanos.

Alyssa aparece en la puerta.

—Pero, papá, ya lo puse en el tazón y está en el refrigerador.

—Correcto. —Hank se pasa las manos por el pelo—. Gracias, muñequita. No es de extrañar que no pudiéramos encontrarla.

Ellen sale apresuradamente de la despensa y se dirige directamente a la otra habitación, colocando afanosamente las bolitas de queso en el plato, junto con un cuchillo de queso que tiene un pavo al final.

—Hiciste un buen trabajo con las galletas, Alyssa. ¿Te gustaría probar la bolita de queso ahora?

—Sí, señorita Truehart. ¿Puedo? ¿Son esos cacahuetes? Eso es un poco extraño.

Ellen se ríe.

—Puede ser extraño, pero también es muy sabroso, y sí, puedes cortarla.

Alyssa corta con cuidado la bolita de queso y pone un poco en una galleta. Ella da un mordisco y su rostro se ilumina.

—Tiene razón, señorita Truehart, me gusta. Papá, ven a probar la bolita de queso de la señorita Truehart, está deliciosa.

Hank llama desde la cocina.

—Ya voy.

Alyssa toma un poco para su padre y se lo entrega cuando él sale de la cocina. Hank todavía parece un poco nervioso por el incidente de la despensa. Ellen sonríe para sí misma. *Bueno, al menos no soy la única.*

Ellen recoge los pequeños platos de aperitivo y le entrega uno a Alyssa y otro a Hank y se queda uno para ella. Ella supone que los chicos están viendo fútbol y que saldrán a comer durante los comerciales.

***

La cena es un asunto ruidoso. Hank espera que los niños no abrumen a Ellen, pero, de nuevo, ella es maestra de tercer grado y puede manejar un salón de clases de niños, por lo que sus tres hijos no deberían ser tan malos. La comida es deliciosa; todo ha salido excelente. La mesa se ve bien. Hank había recogido algunas flores para un centro de mesa y hay velas, y han usado su mejor porcelana. Durante la cena, Hank le pide a cada persona alrededor de la mesa que diga por qué están agradecidos.

Tim dice—: Estoy agradecido por el Xbox.

Mike mira a su hermano con los ojos en blanco.

—Estoy agradecido por la colocación de mi becerro en la feria del condado de Chelan.

—Estoy agradecida por mi nuevo trabajo y por los nuevos amigos —dice Ellen.

Alyssa le sonríe a su maestra.

—Estoy agradecida de que mi maestra haya venido a cenar.

Hank termina diciendo—: Estoy agradecido por mi familia y mis nuevos amigos.

Todos comen hasta que no pueden comer otro bocado. Los niños llevan los platos a la cocina y los meten en el lavavajillas, mientras Hank y Ellen guardan la comida.

—¿Es hora de Yahtzee? —pregunta Alyssa.

Hank mira a Ellen.

—Tenemos la tradición de que después de la cena y antes del pastel, jugamos un torneo Yahtzee. ¿Te animas a jugar?

—Por supuesto. No he jugado Yahtzee en años, pero me encanta.

—Excelente. Alyssa, saca el juego y los lápices mientras los chicos y yo salimos a alimentar y dar de beber a los caballos.

—Está bien, papá.

Juegan dos juegos de Yahtzee. Ellen se ríe de Hank cuando él vitorea cada vez que saca una buena tirada; él es un jugador entusiasta, pero no le importa perder. Alyssa gana el primer juego y Ellen gana el segundo. Ambas chicas resplandecen de triunfo. Los chicos se quejan de que a los dados les gustan más las mujeres que los hombres, pero todo es muy divertido.

Una vez que termina el segundo juego, deciden que, es hora de la tarta. Los niños guardan el juego y limpian la mesa de la cocina donde han jugado. Ellen le pide a Hank una batidora para batir la crema. Hank prepara una jarra de café, corta las tartas y las pone en los platos. Alyssa come de calabaza, Mike de cereza, Ellen come el pastel de chocolate, Tim come un trozo pequeño de los tres y Hank come un trozo grande de los tres. Ellen niega con la cabeza ante el plato de Hank y él le sonríe. Ella echa crema batida en todas las rebanadas y se llevan los platos al comedor.

Con cada bocado, la familia Jefferson elogia lo bueno que es el postre. Ellen se sonroja y dice gracias. Cuando terminan, Hank pregunta a los niños si están listos para partir.

—Sí, papá —dice Alyssa—. ¿Deberíamos ir a buscar nuestras maletas?

—Sí, tus abuelos estarán aquí en unos minutos.

Ellen mira a Hank con una pregunta en sus ojos.

—Oh, supongo que nadie lo mencionó, los niños van con los padres de Charlene después de la cena. A ellos les gusta llevarlos de compras el viernes negro y quedarse con ellos durante el fin de semana. Ahora viven en Wenatchee, pero tienen una casa flotante en el lago. A pesar de que hace frío, a los niños les encanta dormir en la casa flotante la noche de acción de gracias y luego conducen a Spokane para todas las rebajas de la mañana.

—Eso suena como una gran aventura.

—Sí. ¿Te gustaría quedarte y tener una conversación con adultos para variar? Estaba pensando en sentarnos en la terraza para ver las estrellas. Tengo un calentador de gas para mantenerlo caliente.

—Eso suena bien.

Suena el timbre y Hank va a abrir. Alyssa baja las escaleras y arrastra a Ellen para encontrarse con sus abuelos.

—¡Abuela, abuelo!

La abuela de Alyssa se arrodilla para abrazar a Alyssa.

—Ahí estás, mi querida niña. ¿Lista para pasar el fin de semana con nosotros?

—Sí, Abuelita. Mi maestra, la señorita Truehart, vino a celebrar el día de acción de gracias con nosotros. ¿No es divertido? —Luego corre hacia su abuelo y él la hace girar en círculo.

—Es muy divertido de verdad. Encantado de conocerla, señorita Truehart. —La abuela de Alyssa no parece nada complacida; de hecho, parece que ha probado algo desagradable.

Hank se aclara la garganta.

—Ethel, Howard, esta es la maestra de Alyssa, Ellen Truehart. Ellen, estos son los padres de mi difunta esposa Charlene, Ethel y Howard Davidson.

—Encantado de conocerlos, señor y señora Davidson.

—¿Dónde están tus cosas, Alyssa? —pregunta Hank.

—Arriba en mi habitación, papá. Es demasiado pesado para bajarla.

Los chicos aparecen entonces y Hank envía a Mike de regreso a buscar la maleta de Alyssa, no piensa que sería prudente dejar a Ellen sola con los padres de Charlene. Ellos parecen un poco hostiles.

Cuando todos se van, Hank exhala un suspiro de alivio.

—Bueno, eso fue desagradable.

—Oh Dios. Tú también lo pensaste.

—Sí. Ethel no parecía muy feliz de conocerte. Supongo que son un poco protectores conmigo y con los niños.

—Quizás eso sea lo mejor. Probablemente debería irme.

—Oh, no, no dejes que te asusten. Soy un adulto, puedo tener amigos, incluso amigas.

—Sí, pero no es una buena idea que nos involucremos, y estar aquí a solas contigo es... bueno, un poco demasiado tentador.

—Probablemente tengas razón, pero estoy ansioso por tener una conversación de adultos en la terraza.

—Creo que será mejor que me vaya.

Hank sabe que cuando es derrotado, él toma el abrigo de Ellen y le pregunta si quiere llevarse algunas de las sobras a casa. Ella dice que no y le dice que los moldes para los postres son desechables.

Mientras Hank ayuda a Ellen a ponerse el abrigo, no puede dejarla ir sin un beso. Entonces, la gira y la atrae hacia sí. Ella no se resiste. La besa suave y gentilmente, rozando sus labios sobre los de ella y respirándola. Ella se ablanda contra él y desea que sus circunstancias sean diferentes. Él disfruta abrazándola y besándola.

Luego se va, y el fin de semana largo se avecina. Él tiene mucho trabajo para mantenerlo ocupado, ya que todos los demás se han ido, pero podría sentirse un poco solo.

Capítulo 10

¿El nacimiento viviente? Quieren que ella se encargue del nacimiento viviente para el desfile navideño. ¿Qué sabe ella sobre un nacimiento viviente? Esa reunión de personal ha sido toda una sorpresa; ella ni siquiera sabía que tenían un concurso navideño. Su cabeza da vueltas mientras los maestros hablan sobre lo que harían para las vacaciones que habían elegido representar.

Aparentemente, Mabel Erickson había manejado el nacimiento viviente desde el principio de los tiempos, pero finalmente ella se había retirado de la docencia el año pasado. Es una especie de tradición para la clase de tercer grado, por lo que Ellen ha accedido, ya que ella no sabe qué hará en las otras festividades que tendrán en el concurso. Tampoco son solo las vacaciones de diciembre, sino muchas otras fiestas como el Año Nuevo Chino y el día Internacional de la Paz.

Entonces, Ellen está tomando el lugar de la señora Erickson, como maestra de tercer grado y debe encargarse del nacimiento viviente. Se lleva a cabo al aire libre en el jardín de la escuela, antes del desfile navideño, para mantener entretenidos a los padres y hermanos menores durante la instalación.

Ellen necesita asignar los roles que tomará su clase de tercer grado y luego conseguir algunos animales. Tienen un pesebre y un edificio que se prepararán para ella. Los disfraces y los pequeños accesorios se entregarán en su salón de clases esa misma mañana. Los revisará y verá si es necesario renovar algo. Sería bueno hablar con la señora Erickson; para obtener información que pueda transmitir.

Dado que Hank probablemente sabe todo sobre el nacimiento viviente, una vaca debería ser fácil de conseguir. ¿Hay otros animales en la ciudad? Ella no tiene idea; tal vez debería hacer una lista de preguntas para la señora Erickson.

Su clase sólo tiene doce estudiantes, cómo la escuela había logrado mantener clases tan pequeñas es un milagro, ella supone que debe tener algo que ver con la lejanía del área, y tal vez algún tipo de subsidio para evitar combinar las clases. Será fácil trabajar con sus siete niños y sus cinco niñas. Para los niños necesitaría un José, pastores y reyes magos. Para las niñas, necesitará una María, y todas las demás podrían ser ángeles.

Cuando los niños ven que los objetos del nacimiento están siendo llevados al salón de clases, se emocionan mucho y empiezan a preguntarle quién va a ser qué papel. Ella les dice que aún no se ha decidido y que cada uno puede sacar una hoja de papel y escribir lo que les gustaría ser. Cada uno debe elegir su primera opción y su segunda. Ella recogerá los papeles y les hará saber esta semana quién tiene qué papel.

Durante el almuerzo, Ellen va a la oficina de la escuela y pide el número de teléfono de la señora Erickson. Ella marca el número del teléfono y cuando la señora Erickson responde Ellen se presenta como la nueva maestra de tercer grado.

—¡Bueno, hola! Pensé que sería hoy, que tenían la reunión del personal del desfile, y probablemente querrás venir a hacer algunas preguntas.

Ellen se ríe entre dientes.

—Sí, por eso he llamado, muchas gracias. No tengo idea de cómo llevar a cabo un nacimiento viviente.

—Bueno, cariño, esa es la belleza de dirigir el nacimiento viviente. Es bastante simple, mucho más fácil que intentar crear nuevas canciones u obras de teatro o lo que sea cada año. Ven después de la escuela y podemos charlar.

—Gracias, señora Erickson, nos vemos esta tarde.

Al final del día escolar, Ellen conduce hasta la dirección que la señora Erickson le había dado, camina por el sendero hasta la puerta principal y toca el timbre. Es una bonita casa en una calle tranquila.

La puerta es abierta por una anciana menuda, de cabello blanco como la nieve, ella es esbelta, viste un vestido ceñido de color azul y una gran sonrisa.

—Usted debe ser la señorita Truehart. Pasa, pasa. Déjame tomar tu chaqueta.

La señora Erickson toma su chaqueta y luego acompaña a Ellen a la sala.

—Ahora siéntate aquí mismo, mientras pongo un poco de agua a hervir y podemos tomar un poco de té y hablar.

—Oh, no se moleste —dice Ellen.

Pero la señora Erickson hace un gesto con la mano y sigue caminando.

—No hay problema, vuelvo enseguida.

Ellen se sienta en la silla que le han indicado y mira alrededor del lugar. Es acogedor, con fotografías y chucherías en los estantes y mesas, muchas de las cuales parecen regalos de los estudiantes, ya que la mayoría de ellos parece tener un tema de profesor. *Me pregunto si algún día tendré una casa llena de regalos para maestros.* Una pared entera está dedicada a las fotos de clase de muchas, muchas clases de tercer grado. Antes de que Ellen pudiera contarlas, la señora Erickson regresa con una bandeja de tazas de té y un plato de galletas. Ella dice—: Cuarenta y siete.

Ellen mira a la señora Erickson.

—¿Perdón?

—Hay cuarenta y siete fotografías de clases. —Ella hace un gesto hacia la pared de fotografías que Ellen había estado mirando.

—Oh, eso son muchas clases de tercer grado.

—Sí lo son. Pensé en esperar unos buenos cincuenta, pero me cansé y empecé a ponerme de mal humor con mis alumnos y sé que era hora de irme. —La señora Erickson empieza a servir el té—. ¿Quieres crema o azúcar?

—Sólo un poco de azúcar. Gracias, señora Erickson.

Ella sacude la cabeza mientras le entrega a Ellen su taza y otro plato con dos galletas en ella.

—Bien, te has hecho cargo de mi clase de tercer grado, debes llamarme Mabel y yo te llamaré Ellen.

—Muy bien, Mabel, gracias.

—Ahora, mientras bebemos, hazme todas las preguntas que tengas en la cabeza.

—Si debes saberlo, hice una lista. —Ellen se sonroja y le da un mordisco a la galleta.

—Buena chica, adelante, pregunta.

—Esta galleta está deliciosa; ¿Tú las horneaste?

Mabel sonríe.

—Sí, con unavieja receta familiar, pero ese no es el tipo de pregunta que esperaba. ¿Cuántos hijos tienes este año? Alrededor de doce, ¿verdad?

—Sí, siete niños y cinco niñas.

—Eso debería ser bastante fácil. José, tres reyes magos y tres pastores para los niños. María, tres ángeles y una estrella para las niñas.

—Oh, no sabía que hay un papel de estrella.

—Bueno, eso ocurrió el año en que tuve una clase de cuatro niños y ocho niñas. Ese año tuve que ser muy inventiva. Entonces, tuve a María, tres pastoras, tres ángeles y una estrella. La estrella fue un papel tan popular que se quedó, y la mejor parte es que puede ser un papel de niña o un papel de niño.

—Brillante.

—Gracias, hay un granero y un pesebre que el conserje y el equipo de jardinería te prepararán. El granero mantendrá a todos secos si está nevando. Ellos configurarán el sistema de sonido; tú eliges algunas canciones para tocarlas. Si elige las viejas favoritas, los niños y los adultos cantarán juntos. También hay luces y algunas estacas para atar a los animales. Hank Jefferson tiene ganado; debería poder conseguirte una vaca o dos. Alyssa está en tu clase este año; tú debes haberlo conocido.

Ellen se aclara la garganta.

—Sí, la tengo. Alyssa es una chica dulce.

—Lo es, pobrecita. Ha luchado desde que perdió a su madre hace un par de años. Ahora está rodeada de hombres y le vendría bien el toque de una mujer.

—Sí, ella hizo que su padre me invitara allí para el día de acción de gracias.

—Oh, y también es un hombre apuesto. ¿No crees?

Ellen siente que un rubor asoma a sus mejillas.

—Esto... sí, lo es, pero es el padre de mi alumna, así que estoy tratando de no mirar demasiado.

—Pshaw, no está en contra de la ley mirar e incluso probar. De hecho, creo que sería bueno que te casaras y te establecieras aquí.

—Oh, no estoy buscando matrimonio.

—¿Y por qué no? ¿No quieres casarte y tener tus propios hijos? —Mabel la mira con penetrantes ojos azules.

Ella se aclara la garganta.

—Bueno, sí, eventualmente lo haré, pero no he estado aquí por mucho tiempo...

—No lleva tanto tiempo. No le temas al matrimonio; tenemos algunos buenos hombres aquí a los que les vendría bien una buena esposa, y Hank Jefferson encabeza la lista.

—Bueno, gracias, pero no estoy lista para eso.

—Bien, bien, no te estoy presionando, solo sé abierta y deja que la naturaleza siga su curso. —Mabel deja su taza de té.

—Gracias, Mabel. Supongo que será mejor que me vaya. Tengo mucho que pensar y planificar. Muchas gracias por tu tiempo, té y galletas.

—De nada, vuelve cuando quieras. Tengo muchos consejos y trucos que puedo compartir contigo.

Ellen sonríe.

—Lo haré, sé que puedo aprender mucho de ti. ¿Puedo ayudar con la limpieza?

—No, continúa tu camino ahora, me dará algo que hacer.

Cuando Ellen sale de la casa de Mabel, tiene una idea mucho mejor de lo que tiene que hacer. Su lista corta es: asignar roles, verificar disfraces, seleccionar canciones, encontrar animales. Dado que el último podría resultar el más difícil, decide llamar a Hank y pedirle ayuda. Si alguien sabe dónde encontrar animales, será él, empezando por sus propias vacas.

Ellen marca su número.

—Hola, Hank. ¿Qué sabes del nacimiento viviente?

—Yo me preguntaba cuándo te enterarías de eso. Tengo una vaca que puedes usar y un caballo muy silencioso que puede fingir que es un burro. Vernon Whitaker tiene una oveja, que creo que guarda para el nacimiento viviente. Creo que a él le gustaba Mabel Erickson y siempre tenía una oveja o dos en su tierra, para poder prestársela para el desfile de navidad.

—Qué lindo.

—Claro, él es un viejo malhumorado que se pone sus moños, pero supongo que puede ser lindo si quieres pensar en él de esa manera.

Ellen se ríe entre dientes.

—Tal vez debería reservarme el juicio hasta después de conocerlo.

—Aquí, déjame darte su número de teléfono. Supongo que el concurso es el último día de clases antes de las vacaciones de invierno.

—Sí, y estoy agradecida por tu ayuda.

—Déjame saber si necesitas algo más o si Vernon te hace pasar un mal rato.

—Gracias, lo haré.

Hank hace una pausa y dice—: Oh, tal vez deberías venir a la casa una de estas noches, para ver cómo están la vaca y el caballo, para asegurarte de que estén bien.

—Esto... seguro. Supongo que podría. Pero realmente confío en tu juicio.

—Tal vez esto sea una estratagema, para que estés sola en el granero.

Ellen se queda sin aliento.

—Hank.

—Un hombre siempre puede tener esperanza, ¿no es así?

—Pensé que habíamos decidido que esto es una mala idea —dice Ellen.

—No, creo que ambos estamos siendo cobardes y tomamos el camino más fácil.

—Prefiero pensar en ello como ser maduro y hacer lo correcto.

—Todavía creo que es cobardía.

Ellen dice—: Voy a colgar ya mismo.

—Gallina, gallina.

Ellen cuelga el teléfono riendo. Pero mientras piensa en ello, su risa muere, y ella se pregunta si están siendo sensatos o cobardes. ¿Qué dolería? Mabel pensó que involucrarse sería algo bueno.

Capítulo 11

Las reuniones de padres y maestros son el lunes y martes antes de que termine la escuela para las vacaciones de navidad. El desfile navideño será el viernes de esa misma semana. Es un tiempo muy ocupado para todos. Tienen estudiantes de bachillerato corriendo en el gimnasio los lunes y martes por la tarde, para que los maestros puedan reunirse con los padres a partir de la una en punto, cada quince minutos, hasta las cuatro.

A Ellen siempre le gusta reunirse con los padres. Ella ha guardado algunos proyectos especiales que los niños han creado para enviar a casa con los adultos. Cada niño tiene un libro de cuentos que habían escrito, con dibujos y una cubierta decorada, que ella había plastificado, para que se mantuviera por más tiempo. Cada uno tiene un diario de matemáticas con las muchas formas divertidas en que ella había enseñado la materia. Cada uno tiene una figura de arcilla que se ha endurecido y los niños pintaron a mano. Y cada uno tiene un regalo de navidad para sus padres: una imagen hecha con las huellas de sus manos. Les había dado ideas que incluían animales, coronas de flores, árboles y pavos, luego había dejado que cada niño hiciera lo que quisiera. Algunos habían sido inteligentes y otros no, pero ella siempre elogiaba a cada niño por su estilo único y luego los deja listos para enmarcar.

Ella trabaja duro para asegurarse de tener cosas positivas que decir sobre cada niño y también áreas en las que podrían mejorar. Reunió muchos materiales para repartir, si es necesario. Artículos sobre nutrición, descanso, relajación, participación de los padres, limitación del acceso a la televisión y la computadora o los beneficios de estos, juegos para jugar, ideas sobre las consecuencias de un comportamiento travieso, sugerencias sobre cómo permitir que su hijo crezca y experimente, y muchos otros. Los guarda en un pequeño cajón para facilitar el acceso, pero no a la vista para que los padres no se pongan a la defensiva o nerviosos. Sólo los entregará si siente que los padres están abiertos. También puede esperar unos días y enviarlos como si fuera una ocurrencia tardía.

Hank es su última cita el martes por la noche. Él habló con los maestros de los chicos antes de llegar a su salón de clases. Su corazón da un vuelco cuando entra por la puerta, a pesar de que ella sabía que él vendría.

Su rostro se ilumina cuando la ve esperándolo.

—Eres como colirio para mis ojos cansados. Me alegro de que seas mi última maestra de esta noche.

—Gracias. Creo.

Hank sonríe.

—Tengo la esperanza de poder invitarte a tomar un café, mientras espero a que Alyssa termine con las scouts.

—Yo podría hacer eso.

Hank se frota la nuca.

—Y pensé que quizás a ti también te gustaría ir con nosotros a cenar. Alyssa disfruta de tu compañía. Creo que se cansa de estar siempre cerca de todos los chicos.

—Oh, *Alyssa* disfruta de mi compañía. ¿Solo Alyssa?

—No, yo también la disfruto —dice Hank, con aspecto avergonzado.

—Pero decidiste jugar la carta de Alyssa primero para ablandarme.

—Culpable de todos los cargos, señoría.

—Aunque claramente estás tratando de manipularme, iré contigo y con Alyssa a cenar. Pero tengo algunas cosas que debo hacer, es cenar o tomar café, pero no ambas.

—Entonces, cena. ¿Puedo ayudarte con algunas de esas cosas?

Ellen piensa en eso.

—Sí, tal vez puedas. Ahora tengamos tu conferencia de padres y maestros.

—Sí, señora.

Cuando terminan con la conferencia, Hank dice—: Voy a llevar todas estas cosas a la camioneta y luego entraré para ayudar. Entre tú y los otros dos profesores, necesito una carretilla para llevarlo todo.

—Oh, pobre hombre, puedes llevar bolsas de alimento de cien libras, pero no puedes llevar algunos proyectos.

—OK tú ganas. Puedo llevarlos, pero quiero ir a ponerlos en la camioneta de todos modos, para que tal vez pueda ayudar a llevar la tarea de la maestra, o si tengo suerte, tomar su mano.

—Hank.

—¿Sí, señorita Truehart?

—Ve a tu camioneta.

Ellen está quitando su cartel de bienvenida cuando escucha a Hank regresar por la puerta.

—Eso fue rápido, ¿puedes echarme una mano aquí? Estoy a punto de dejar esto y necesito ir al otro lado.

—Claro —dice una voz de hombre que no es la de Hank—. Estaré feliz de sostenerte mientras alcanzas el otro lado.

Ellen mira hacia abajo para ver a Edward mirando sus pechos, que están en exhibición, ya que ella estaba estirando los brazos.

—Oh, sostén esto —dice ella poniendo el letrero en sus manos y prácticamente rompiendo el otro lado hacia abajo. Guardar el letrero ya no es su prioridad, bajarse de la escalera lo es, ya que su cabeza está a la altura de su trasero. Y eso no es nada bueno. Ella comienza a bajar la escalera, pero él está tan cerca que no puede bajar sin frotarse contra él, y eso no está sucediendo.

—¿Podrías retroceder un poco para que pueda bajarme?

Él deja caer el letrero al suelo y la agarra por la cintura.

—Permíteme. —Y luego la baja lentamente, atrapada entre él y la escalera.

—Edward, déjame ir y por favor retrocede.

—Ahora, cariño, solo somos tú y yo, y sé que quieres que nos pongamos cómodos.

Empujando su pecho, ella dice—: No, no es así. Ahora, por favor, detén esto y retrocede.

Él agarra sus manos y las empuja detrás de su espalda, atrayéndola contra él en el proceso. Él sostiene sus dos muñecas con una de sus manos y saca otra y toca su mandíbula, forzando su boca hacia la de él.

—No, detente, Edward. —Ella está a punto de usar su rodilla para confirmar su demanda, cuando de repente él se ha ido.

—La señorita dijo que no, Edward. ¿Necesitas una definición de la palabra? —Hank gruñe mientras arroja a Edward de vuelta a algunos escritorios.

—¿Oye, qué derecho tienes? Ellen y yo estamos teniendo una conversación.

—No, la estabas maltratando. Ahora, lárgate de aquí, antes de que llame a la policía y les informe.

—Bien —dice Edward y luego mira a Ellen—. No hemos terminado.

—Sí, no queda nada más que decir. Déjame en paz, Edward. No estoy interesada en ti ni en tus *conversaciones*.

Hank asiente.

—Haz lo que dice la dama o responderás ante mí y ante la ley.

—No es asunto tuyo, Hank. —Edward resopla.

—Los hombres maltratando a las mujeres, siempre es asunto mío. Ahora sal de aquí, antes de que pierda los estribos.

Edward sale furioso por la puerta, cerrándola de golpe.

Ellen dice—: Bueno, eso ha sido desagradable. —Luego se sienta en el suelo.

—Lo siento.

—No tienes nada por lo que disculparte.

—Lamento que algunos gilipollas piensen que pueden forzar su atención a una mujer. Lo siento por todo mi género. —Hank se sienta en el suelo junto a Ellen y le toma la mano—. Estás temblando, ¿te lastimó?

—No, pero estuve a punto de darle un rodillazo en un lugar muy delicado. Me alegro de no haber tenido que hacerlo. Él es del tipo que presentaría cargos y yo sería la culpable.

—Nadie te culparía.

—Oh, sí lo harían. Es el chico del pueblo, la gente siempre cree en los lugareños. La gente siempre le cree al hombre.

—No, no es así. La gente cree la verdad.

Ellen se ríe amargamente.

—Hombre, desearía que eso fuera cierto. Pero no lo es. La gente cree lo que quiere creer y ese suele ser el que nació y se crio en su ciudad.

—Me siento un poco perdido en esta conversación, ¿te importaría contarme?

Ellen niega con la cabeza.

—Me ha pasado antes, en mi otro trabajo como profesora.

—¿Qué pasó?

—El director se me acercó y no aceptó un no por respuesta. Traté de decírselo a los otros profesores, pero dijeron que yo estaba exagerando. Lo denuncié a la junta escolar, pero ellos se pusieron del lado de él, diciendo que su reputación era impecable. Incluso sugirieron que yo me había acercado a él y cuando me rechazó, decidí desquitarme. Finalmente dejé mi trabajo y vine aquí. Ahora está sucediendo de nuevo.

—No, no, no es lo mismo. Primero, yo lo vi acosarte y estaré a tu lado. En segundo lugar, no es el director y no vive aquí. Solo estará aquí unas pocas semanas. En tercer lugar, siempre ha sido un poco agresivo y otras personas lo saben. Tú y tu trabajo están a salvo aquí.

—Espero que tengas razón, Hank, de verdad.

—Yo la tengo. Ahora limpiemos este lío y vayamos a buscar a Alyssa.

—Oh, no lo sé, no creo...

—No vamos a dejar que ese idiota arruine tu día. Vamos, tenemos que volver a poner los escritorios. Se salieron un poco de la línea con Edward volando hacia ellos. —Hank se levanta y le tiende la mano para ayudarla a levantarse.

Ella se acerca él.

—Gracias por ayudarme.

—De nada, pero sé que lo habrías manejado.

Ellen asiente.

—Sí, lo habría hecho, pero él volando por el aire sobre los escritorios fue bastante divertido.

Hank se ríe entre dientes, como esperaba que hiciera, y vuelven a poner el salón en orden.

***

Hank es servicial y encantador y no deja que eso demuestre que está hirviendo. Cuando entró al salón de clases y vio a Edward acosando a Ellen, se puso rojo. Nunca había sabido lo que eso significaba antes, pero ahora lo sabía. Había trabajado duro por controlarse y no golpear a Edward, porque estaba seguro de que la habría asustado. Pero todavía está tan furioso que está temblando. ¿Cómo se atrevía Edward a maltratar a su mujer? ¿No tiene cerebro el tipo?

Espera un minuto, *¿su mujer?* ¿De dónde vino eso? ¿De verdad él piensa en Ellen de esa manera? Quizás lo hace. ¿Le gusta eso? Quizás lo hace. ¿Quiere eso? Quizás lo hace. Pero necesita pensarlo detenidamente. No es un tipo espontáneo; siempre piensa las cosas con mucho cuidado. Deja la idea a un lado para pensar en ella más tarde y ayuda a Ellen a ordenar su salón de clases.

—Llevemos tu carro a tu casa y luego recojamos a Alyssa y vayamos a cenar.

—Podemos hacerlo. —Ellen está callada. Él está bastante seguro de que ella todavía está conmocionada por el incidente. Él está decidido a ser encantador y ayudarla a olvidarlo. Al menos por un rato.

Capítulo 12

El granero está en el jardín de la escuela. El pesebre está en él. Las luces están encendidas. Hank se detiene con un remolque de caballos y descarga una vaca y un caballo pequeño que usaría una diadema con orejas largas para que parezca un burro. Hank le había asegurado que al caballo no le importaría en absoluto. Ella no está segura de creerle. Los animales y las cintas para la cabeza no parecen ir juntos, en su mente. Pero ella está dispuesta a intentarlo.

Vernon Whitaker llega justo después de Hank y saca del asiento trasero de su carro a la oveja más vieja del planeta. Lo baja y lo conduce lentamente hacia la escena del pesebre. Cuando finalmente llega, se hunde y se queda dormido. Pobre cosa. Ella espera que no muera en medio del nacimiento viviente. Eso sería horrible; ella sería conocida como la maestra de tercer grado que mató a los animales del nacimiento.

Ellen corre hacia Hank.

—¿Puedes-mirar-a-los-animales-mientras-voy-a-buscar-a-los-niños?

Hank arquea las cejas y abre mucho los ojos.

—Sí.

—Bien, ya vuelvo.

Hank le toma la mano, le pasa el pulgar por los nudillos y luego los besa.

—Tómate tu tiempo. Que no cunda el pánico. Desacelera. Respira.

Ellen resopla.

—Entendido. —Luego se aleja, solo un poco más lento de lo que había llegado. Con cada paso, camina un poco más rápido.

Cuando Ellen llega a su salón de clases, no puede creer lo que ve. Todos los niños están vestidos con sus disfraces y la esperan pacientemente. Ella había salido del salón para asegurarse de que los animales hubieran llegado y había sido un caos con tres madres ayudando a cambiar a los niños. Los accesorios habían estado en todas partes; los niños habían estado hablando y presionando para que les llegara su turno. Ella había esperado completamente volver a un motín. Pero en cambio, los niños esperan en silencio, todos vestidos, con sus accesorios correctos en sus manos.

¿Estoy soñando? Ellen cierra y abre los ojos y todos siguen esperando pacientemente.

—No, no es un espejismo —dice la señora Erickson desde el escritorio de la maestra—. Solo muchos, muchos años de práctica.

Ellen se gira.

—Bendita sea, señora Erickson. Muchas gracias por venir a ayudar.

—Tenía que hacerlo, es tu primer año. Si te ayudo dos años más, lo tendrás controlado y no me necesitarás más.

—Oh, no sé nada de eso. Venga todos los años, para siempre. —Ella se acerca al escritorio y susurró—: ¿Cómo hizo esto?

—Te lo diré la próxima vez que vengas de visita.

—Estaré ahí pronto.

Con la ayuda de la señora Erickson, sacan a todos los niños de la escuela y los colocan en sus puestos. La estrella y los ángeles están en la parte superior de la estructura del granero, que en realidad es una plataforma para que los niños se paren con una barandilla de seguridad para evitar que se caigan.

Ellen pone el muñeco del niño Jesús en el pesebre. Hank tiene la diadema en el caballo y, aparte de unos pocos movimientos de cabeza, él parece contento de dejársela puesta. Una vez que los padres empiezan a llegar, Ellen pone las canciones navideñas y los niños cantan con ellas. Varias personas toman fotografías, incluido Hank. Ella espera que él consiga algunas buenas, porque quiere una enmarcada para ella. Ella decide que podría gustarle una cada año, para su muro de recuerdos, en lugar de la foto de la clase como la señora Erickson había hecho.

Mientras suena la música, algunos adultos se unen al canto. Ella había elegido las canciones que van con la natividad; hay muchas viejas favoritas. A medida que las voces se mezclan en armonía, es mágico. En la última canción, que es Noche de paz el pavo real de la ciudad vuela sobre la parte superior del granero y extiende sus plumas. Ella está sorprendida, pero nadie más parece estarlo... se ven encantados, pero no sorprendidos. Es como si estuviera entrenado para hacer eso. Tendrá que preguntarle a Hank.

Cuando llega la hora del desfile, los padres ayudan a sus hijos a quitarse los disfraces y se los dan a Ellen, luego todos van a la escuela a ver. Hank ayuda a Ellen a llevar todos los disfraces y accesorios adentro.

—Gracias, Hank. ¿Estarán los animales a salvo atados ahí fuera?

—Sí, estarán bien. Vamos a ver el concurso —dice Hank, tomándola de la mano mientras caminan por el pasillo.

—Entonces, ¿cuál es el asunto con el pavo real?

—No sé, siempre aparece y hace eso. Nadie sabe por qué.

Cuando llegan al auditorio, Ellen señala el área reservada para su clase y sus familias y se dirigen por el pasillo para encontrar a Alyssa. Alyssa está sentada con Rachel y su familia. Hank y Ellen se sientan a su lado.

Alyssa les sonríe.

—Ese fue el mejor nacimiento de todos los tiempos, señorita Truehart.

—Me alegra que lo hayas disfrutado, ahora podemos ver la actuación de las otras clases.

—Y después está el chocolate caliente y las galletas.

Ellen mira a Hank y ambos se ríen de la emoción de Alyssa. Es como si nunca antes ella hubiera comido galletas o chocolate caliente. Mientras continúan mirándose, la mirada cambia de diversión a algo más caliente. Algo arde en sus ojos y no pueden apartar los ojos.

Un chillido del micrófono finalmente rompe su trance y el director comienza el programa.

***

Entonces, esa es la forma en que sopla el viento, ¿verdad? Edward ve entrar a Ellen con Hank Jefferson y sentarse con su hija. Ellos se ven bastante amistosos, no es de extrañar que

Hank hubiera sido duro con él la noche de las reuniones de padres y maestros. Bueno, tal vez, él podría compartir, ¿no? ¿Hank tuvo que reclamar en exclusiva a la única mujer nueva en la ciudad?

Edward no quiere ligar con ninguna de las otras mujeres, las ha conocido de toda la vida y ha salido con algunas de ellas. Qué aburrido. Le gusta la carne fresca. Esa es una gran parte de la razón por la que le gusta vivir en Seattle, es una ciudad lo suficientemente grande, por lo que no tiene que ver a la misma gente tediosa, día tras día. Podría mezclarlo yendo a un nuevo vecindario o bar o un nuevo restaurante.

Él y Ellen Truehart aún no han terminado, y Hank solo tendrá que controlarse. Sólo le quedan dos semanas de su descanso de noventa días y luego saldrá corriendo de este agujero y regresará a la ciudad. Entonces, si va a probar a Ellen, tendrá que ser pronto. Sabe qué casa ella está alquilando, tal vez pasará a visitarla. Sí, esa es una buena idea, ella estará sola allí. Él es un hombre con un plan.

Capítulo 13

Ellen sonríe mientras camina hacia su casa. Qué noche tan agradable ha sido. Para nada como se había imaginado. Desafortunadamente, tiene una imaginación vívida cuando entra en pánico por las cosas. Ella había imaginado todo, desde los niños cayéndose de la plataforma, hasta una estampida de los animales, hasta una pelea sin cuartel entre los niños. Pero nada de eso había sucedido y se burla de sí misma por tener todo tipo de pensamientos espantosos y mantenerse despierta toda la noche. *Bueno, ahora que se acabó, dormiré bien esta noche.*

Acaba de meter la llave en la puerta y la abre cuando la empujan desde atrás a su casa. Oye que se cierra de golpe antes de que pueda levantarse del suelo. Lo siguiente que sabe; un hombre la mantiene encajada entre él y la puerta. *Dios mío, ¿qué es esto?*

—Hola, Ellen. Gracias por invitarme a tu casa. Ahora podemos divertirnos un poco.

—¿Edward, qué estás haciendo aquí? No te invité a entrar, por favor vete.

—Tranquila, preciosa. Si puedes entregárselo al ranchero, también puedes entregármelo a mí.

—¿Qué? ¿Estás borracho? Déjame ir. —Su cerebro se acelera. *¿Qué puedo hacer? Él es más fuerte que yo y mi vecino más cercano está a una cuadra de distancia, gritar no va a ayudar.*

93

—No estoy borracho, no muy borracho de todos modos. Y nos la vamos a pasar bien. —Él se echa hacia atrás lo suficiente como para rasgarle el vestido y poner su mano sobre su pecho. Luego aprieta. Tampoco un apretón suave y delicado.

Ay, eso duele. Pero le da la cantidad justa de espacio que necesita para darle una rodilla en su lugar más sensible, y ella le da toda su fuerza. *Toma eso. ¿Divertido para ti?*

—Ay, perra —él le grita, mientras se deja caer al suelo sujetándose la entrepierna.

Ellen agarra el paraguas que guarda en el soporte junto a la puerta y lo golpea con él, luego abre la puerta y lo empuja a través de ella, ya que él todavía está en el suelo y no puede defenderse. Rápidamente cierra la puerta y echa el cerrojo. Como no está segura de qué haría él a continuación, ella llama a la policía para estar a salvo.

***

Hank oye que el escáner de la policía llama por un alboroto en la casa de Ellen.

—¿Qué demonios?

Les grita a los niños que volverá y que se preparen para ir a la cama. Corre hacia el barracón y le pregunta a Bob si puede cuidar a los niños durante una hora más o menos. Luego salta a su camioneta y acelera.

Cuando llega a la casa de Ellen, hay una patrulla y están poniendo a alguien en el asiento trasero. Un hombre, alguien. Él salta y corre hacia la casa, sin siquiera mirar para ver quién es. Ellen es la única importante ahora.

El policía no lo va a dejar entrar hasta que Ellen lo vea.

—Hank. Oficial, por favor deje entrar a Hank, él es... —Ella niega con la cabeza y traga—. Es un amigo.

Hank se sienta a su lado y toma su mano mientras ella termina su declaración y responde las preguntas. Cuando los oficiales finalmente se van, ella se acurruca contra él.

—Yo estaba tan asustada.

—Lo sé nena. ¿Quieres contármelo? —Él calma su temblor con golpes firmes en su espalda, lo que, a su vez, ayuda a calmarlo para que no esté furioso. *Debo calmarme por ella.*

—No hay mucho que contar. Abrí la puerta; Edward vino detrás de mí y me empujó hacia la casa. Me caí y él cerró la puerta, luego me levantó y me inmovilizó entre él y la puerta. —Ella se estremece y respira hondo—. Cuando se echó hacia atrás lo suficiente para rasgar mi vestido y agarrar mi pecho, finalmente tuve suficiente espacio para darle un rodillazo en sus partes íntimas. Mientras se retorcía en el suelo, lo golpeé con el paraguas, lo empujé hacia la puerta y llamé a la policía.

Ella se acerca más el suéter que tiene; él asume que es por el desgarro de su vestido.

—Me alegro de que se haya movido lo suficiente hacia atrás como para darme espacio para darle un rodillazo. Antes de eso, no podía moverme.

—Desearía que no tuvieras que pasar por eso.

—Una especie de flashback del director de mi primera escuela. —Ella se acurruca contra él aún más y él la abraza con fuerza. Desea su fuerza en ella.

—Es bueno que haya ido a la cárcel, así que no puedo golpearlo.

Ella casi sonríe.

—Sí, pero la policía dijo que probablemente saldría bajo fianza esta noche o mañana. ¿Crees que volverá? ¿Crees que entrará? —Ella está temblando bastante fuerte ahora y se pregunta si está en estado de shock. *Probablemente llegando allí.*

—No, si tiene algo de cerebro, no lo hará. —Él agarra la manta de regazo del respaldo del sofá y la envuelve en ella—. Te diré una cosa, ¿por qué no vienes al rancho durante la próxima semana o dos y pasas las vacaciones con nosotros? Tengo una habitación libre y podrías quedarte ahí. ¿Tienes otros planes para navidad?

—No en realidad no. Planeaba ponerme al día con la lectura y trabajar en algunos planes de lecciones.

—Puedes hacer esas cosas en mi casa, siempre que Alyssa no te moleste hasta la muerte.

—¿Crees que es una buena idea?

—Creo que es una mejor idea que toda mi familia viviendo en esta casita. No te dejaré sola con Edward enloquecido. Él sólo está aquí hasta el año nuevo y luego regresará a Seattle. Pasemos unas buenas vacaciones en mi casa y cuando él se vaya de la ciudad, podrás volver aquí a tu casa.

—Eso es tentador, pero ¿no hablará la gente?

—Tal vez, pero no tanto si llamamos a la policía y les decimos que te quedarás en mi casa para protegerte de Edward. Él tiene cierta reputación de ser un problema. Y el informe de esto estará en el periódico. Es mejor publicarlo, para que todos sepan que te estoy manteniendo a salvo.

—Bueno, intentémoslo por una noche o dos y luego decidiremos.

—Puedes apostar, lo que sea que te haga sentir segura.

¿Segura? Su cuerpo estará a salvo de Edward, sí. Pero ¿podría proteger su corazón estando con Hank durante días y días?

Capítulo 14

Cuando llegaron a la casa de Hank, los niños los bombardean con preguntas.

—¿A dónde fuiste, papá?

—A la casa de la señorita Truehart, Alyssa.

—¿Por qué tuviste que irte tan rápido? —pregunta Mike.

—La señorita Truehart tuvo algunos problemas con la puerta de entrada, fui a ayudar.

—Pero ella está aquí, ¿no podrías arreglarlo?

—No, Tim, y hasta que se arregle, dejaremos que la señorita Truehart se quede en la habitación de invitados.

—Esa es una buena idea, papá —dice Alyssa, asintiendo sabiamente.

—Ella será nuestra invitada y ustedes no deben molestarla hasta la muerte. Tal vez podamos convencerla de que se quede durante las vacaciones.

—¡Hurra!— dicen los tres.

—¿Señorita Truehart, le gustaría hornear galletas con nosotros mañana? Papá compró unas galletas de azúcar en la tienda. Las vamos a decorar también.

—Creo que me gustaría eso, Alyssa, y creo que mientras viva en tu casa sería aceptable que me llamaras Ellen.

—Está bien, señorita Truehart, quiero decir, Ellen, pero cuando volvamos a la escuela tendré que volver a llamarla señorita Truehart, ¿verdad?

—Si eso es correcto. ¿Puedes hacer eso, Alyssa?

—Sí, creo que puedo, señorita... Ellen.

Mike tira del cabello de Alyssa.

—Sigue trabajando en eso, nena.

—Hora de irse a la cama, matones. Pueden leer un rato, pero luego se apagan las luces.

—Está bien, papá.

—Bien —dice Mike.

Tim saluda.

—Sí señor.

—Par de listillos.

Hank mira a Ellen y se encoge de hombros.

—Déjame mostrarte tu habitación.

Mientras lidera el camino, se pregunta para qué demonios se está preparando. Ella va a estar en su casa, durmiendo en una de sus camas, duchándose al final del pasillo. No está seguro de poder mantener su cabeza clara mientras ella esté aquí. Ya le cuesta bastante mantenerla fuera de sus pensamientos y sueños sin que ella esté lo suficientemente cerca para tocar, saborear, oír y oler. Oh, Dios, esta podría ser la forma de tortura más perfecta que pueda imaginar.

Por otra parte, preocuparse por estar sola en casa y ser vulnerable a alguien como Edward Jameson sería aún peor. *Simplemente lo aguantaré y me ocuparé de ello.*

***

Mientras Ellen sigue a Hank escaleras arriba, ella observa su fino trasero. No está segura de que sea una idea tan buena. Ella ya piensa demasiado en el hombre y él invade sus sueños con regularidad. Y ahora ella va a vivir en su casa. Nada bueno, nada bueno. ¿Pero la alternativa? Se estremece al pensar en eso. No confía en Edward tanto como puede arrojarlo. Es mejor ponerse sus bragas de niña grande y aguantar con el señor Sexy, que ser sorprendida por el señor Agresivo. Tendrá que mantener sus pensamientos lujuriosos con una correa corta, o mejor aún, encerrados en una perrera.

Hank se detiene en una puerta a la derecha.

—Aquí es. —Él entra, enciende la luz y deja la maleta junto a lo que parece una puerta de armario—. Por esa puerta está el baño que compartes con Alyssa. Su habitación está en el otro lado, por lo que es posible que desees mantener esa puerta cerrada para que se quede en su habitación. Los chicos están al otro lado del pasillo en una configuración similar y el dormitorio principal está al final del pasillo.

Ellen mira a Hank. Él parece ocupar toda la habitación. Luego mira a la cama y rápidamente desvía la mirada. No necesita mirar eso con él en la habitación. No ella no lo hace. Ella se acerca a un cuadro que cuelga de la pared, solo para darle algo que hacer.

—Muy agradable. Gracias por invitarme, Hank. Te agradezco que hayas venido a mi rescate.

—No es tu rescate, manejaste la situación a la perfección. Pero me alegro de tener un lugar en el que puedas quedarte, hasta que ese idiota se vaya del pueblo. Todavía me gustaría lastimarlo un poco o tal vez mucho.

—No hay necesidad de eso, tus hijos necesitan que no estés en la cárcel.

Caminando hacia ella él le dice—: Tienes razón, pero no me gusta pensar en él tocándote, y mucho menos asustándote.

Ella camina hacia sus brazos y deja que la abrace cerca por un momento. Es fuerte y cálido y huele muy bien. Ella estaría feliz de quedarse aquí durante las próximas dos semanas o para siempre. Espera, ¿para siempre? No, ella no va a ir allí. Ella da un paso atrás y se acerca a su maleta.

—Será mejor que desempaque, gracias de nuevo.

Hank parece un poco confundido por su abrupta partida, pero simplemente niega con la cabeza y camina hacia la puerta.

—Buenas noches, Ellen. Dulces sueños.

—Para ti también.

¿Dulces sueños? No, probablemente no. ¿Sueños sudorosos, calientes y sexys? Probablemente. ¿Dulces? No, ella no puede dejar que eso suceda. No tiene ni idea de cómo va a funcionar esto.

Capítulo 15

Alyssa se siente mareada, su maestra está aquí en la casa. *Quizás papá y la señorita Truehart se enamoren. Entonces tendré una nueva mamá y papá estará muy feliz.* Ella salta de la cama. Hoy puedo decorar galletas. Haré una galleta de adorno navideño y una galleta de corona. ¿Qué más puedo hacer con las galletas circulares que hizo su papá? Oh, una cara de Santa sería genial. Y podría dibujar una estrella dentro del círculo y ponerle chispas. Ella va a su tocador. Mejor no llevar ropa buena, porque si se la cubre con glaseado se estropearía. *Oh, mi vieja sudadera navideña, me encanta, pero está un poco raída. Bueno, muy mal, todavía puedo ponérmela.*

Ella baja corriendo las escaleras y entra en la cocina. Está vacía. Ella abre el refrigerador para ver si hay algunas moras descongeladas para su cereal. *Hurra. Las hay.* Las agarra junto con la leche y prepara el desayuno. Ella se sienta a la mesa de la cocina para poder ver cuando alguien baje. Hay café listo, por lo que probablemente su papá está alimentando a los caballos.

La señorita Truehart o Ellen, se supone que ahora la llamará Ellen, entra en la cocina y va directamente a la cafetera. Lo vierte en una taza y toma un gran trago.

—Buenos días, Ellen, ¿pasaste una buena noche?

—Oh, buenos días, Alyssa. Mi noche estuvo bien —dice Ellen con una sonrisa, pero Alyssa piensa que se ve un poco cansada. Quizás solo necesita más café.

—Hoy podemos decorar las galletas con un bonito glaseado y chispas y todo.

—Eso suena divertido, ¿haces de pan de jengibre?

Alyssa niega con la cabeza.

—No, papá solo hace galletas redondas.

—Oh, ¿no hay estrellas, bastones de caramelo o muñecos de nieve?

—No, solo galletas redondas, pero puedo hacer una corona, un adorno o una cara con ellas.

—Bien por ti.

Su padre entra y sus ojos se alegran cuando ve a la señorita Truehart, Ellen. Tal vez ya están un poco enamorados, porque Ellen se pone un poco roja mientras lo mira.

—Hank, Alyssa me estaba hablando sobre la decoración de galletas. ¿Tienes cortadores de galletas? Dijo que haces todo tipo de galletas.

Ahora su papá se pone rojo cuando mira a la señorita Truehart.

—Yo uso la masa de galletas de azúcar y simplemente las rebano, hago galletas redondas. Tenemos cortadores de galletas, que usaba mi esposa, pero...

Ellen se ríe.

—Ya veo. ¿Qué tal si hacemos el tuyo y yo haré un lote de masa para galletas? con los que podemos usar los cortadores de galletas, si tienes los ingredientes.

—Tengo harina, azúcar, mantequilla y algunas otras cosas en la alacena, siéntete como en casa.

—¿Te importaría si pido algunos ingredientes para hornear galletas a Chelan y tal vez algunas cosas para navidad?

—Adelante. —Hank mira a Alyssa—. Esa sudadera te queda un poco ajustada, niña.

—Sí, papá, lo sé, pero me encanta y no tengo una más grande.

—Bueno, deberíamos hacer algo al respecto. —Su padre se gira y sale por la puerta.

***

Ellen empieza a mirar lo que Hank tiene a mano para hornear y para la cena de navidad. Ella decide que necesita ordenar algunas cosas de inmediato. Si va a pasar la navidad con ellos, quiere preparar algo de su comida especial de navidad. Es una tontería hacerlo sólo para ella, pero ahora tiene una familia con quien compartirlo. Debería hablar con Hank sobre sus tradiciones y ver cómo puede entrelazar las suyas con las de ellos. Ella no se había dado cuenta de cuánto temía pasar la navidad sola, hasta que tuvo a alguien con quien pasarla. Ella había puesto un arbolito en su casa, pero eso era todo. *Oh, debería pedir algunas otras cosas a Chelan para que las suban al ferry con la comida. Pequeños obsequios navideños para esta familia, que me acogerá durante las vacaciones.* Ella sale de la cocina para buscar a Hank.

—Ah, aquí estás. Tenía miedo de estar buscándote durante horas.

—No, aquí estoy, lavando la ropa.

—Bueno, si eres una maravilla.

Hank se encoge de hombros.

—Alguien tiene que hacerlo y como esta es mi ropa...

—¿Puedes hablar y lavar la ropa al mismo tiempo, o debo esperar?

—Creo que puedo arreglármelas para doblar mis jeans y mantener una conversación al mismo tiempo. Ahora planchar y hablar al mismo tiempo, podría ser demasiado.

Ella se ríe.

—Está bien, bien, anotado. Me preguntaba qué comen en nochebuena y el día de navidad.

—¿Comida?

—Yo esperaría. —Ella le frunce el ceño—. ¿Pero qué tipo de comida? ¿Tienes jamón o pavo para el día de navidad? ¿Nochebuena? ¿Tiene alguna comida tradicional especial?

—Oh, nada especial para nochebuena. Dejo que los niños abran un regalo cada uno, que es la caja de películas de la noche. Cada uno recibe un nuevo par de pijamas, calcetines y bocadillos. Se ponen la ropa esa noche, mientras vemos una película navideña. Cada uno recibe su bocadillo favorito de películas y un libro nuevo. El libro es para la mañana, si se despiertan antes del inicio oficial del día de navidad, que es a las ocho, tienen que quedarse en su habitación y leer. Eso me da tiempo para dar de comer a los caballos y hacer el desayuno. —Él sonríe mientras pone sus jeans doblados en la pila creciente y tiene otro par para doblar.

—Charlene, mi difunta esposa, inició la tradición del libro, para que pudiera comenzar el desayuno sin que nadie la molestara. —Él sonríe—. Eran como terremotos antes de que se le ocurriera esa brillante idea. Por lo general, preparo rollos de canela para el desayuno esa mañana.

—¿Te importaría si hago una frittata, para acompañar el pan? Lleva huevos, salchichas, tocino, algunas verduras y papas.

—Oh, eso suena genial, algo más saludable, estaría bien. El pan puede ser un poco dulce y los vuelve un poco hiperactivos... o muy hiperactivos.

—Y para la víspera de navidad, ¿cómo te sentirías con una lasaña? Hago una lasaña asesina.

—¿Hecha en casa?

Ella asiente.

—Eso hace que se me haga agua la boca al pensar en ello. Sí, haz lasaña, muero por probarla.

—Bien, ¿y ahora qué hay de la cena de navidad?

—Jamón, puré de papas, verduras.

—¿Con albóndigas en gravy y manzanas con canela? Por lo general, hago papas gratinadas, pero pure de papa también está bien.

—Mujer, me estás dando hambre. Sí, por favor, haz lo que quieras.

—Bueno, bien. Quiero hacer dulces y galletas navideñas especiales.

—¿Dulces?

—Fudge, almendras azucaradas, maní tostado, turrón.

—Oh, Dios mío, estás tratando de matarme. Mi mente está evocando todas estas delicias y ni siquiera he oído hablar de las galletas.

—Cuadritos de caramelo, barras delicia, flores de mantequilla de maní, galletas de té, pan de pasas y nueces, pan de jengibre, rosetas...

—Para. Puedes hacer lo que quieras. Has un pedido de Safeway, con gusto pagaré los ingredientes.

—No, es mi regalo.

—De ninguna manera, estás poniendo todo el trabajo. Pondré el dinero en efectivo, porque sé que mis hijos y yo lo devoraremos todo.

—Es un trato.

—Pero ahora tengo hambre y la navidad no es hasta dentro de una semana.

Ellen le da unas palmaditas en el pecho.

—Pobre bebé.

Hank la agarra y la atrae hacia sí.

—Voy a ser *pobre bebé para ti*. —Y luego la besa hasta saciarla.

Cuando su boca finalmente suelta la de ella, sus rodillas se han convertido en papilla. Ella se derrumba contra la pared.

—Mmm, muy sabroso, incluso mejor que el turrón. —Él sonríe y saca sus jeans del cuarto de lavado.

Capítulo 16

Alyssa y Ellen hornean. Mike y Tim hacen dulces. Hank lo prueba todo. Las galletas y los dulces llenan todos los contenedores de la casa. Tienen suficiente para un ejército. Entonces, deciden hacer canastas de bocadillos navideños para los peones del rancho, vecinos y amigos, que Hank y los niños entregan durante el día de Nochebuena. Mientras están fuera, Ellen envuelve los regalos que había comprado y los mete debajo del árbol, escondidos detrás de otros. Luego, hace la lasaña y la pone en el refrigerador por un par de horas antes de hornearla más tarde. También ella prepara una ensalada.

Antes de la cena, Hank lee la historia de la natividad del libro de Lucas.

Después de la cena, abren sus obsequios. Incluso Ellen tiene uno y se pregunta cuándo se las había arreglado Hank para hacer eso. *Hombre astuto.*

Hacen palomitas de maíz y ven la película de navidad. Cuando termina, Mike lee *Es la noche antes de navidad* y preparan galletas navideñas para Santa, a pesar de que todos los niños son demasiado mayores para creer en él. Es una tradición que disfrutan muchísimo.

Después de que los niños se van a la cama, Hank llena las medias y coloca los regalos. Luego, él y Ellen se sientan en el sofá en la oscuridad y miran el árbol de navidad. Cuando Ellen se estremece, por el frío que hace en la sala, Hank la atrae hacia sí y los envuelve con la manta de regazo.

Mientras Ellen se acurruca en la calidez de Hank, decide que podría permanecer así el resto de su vida y ser feliz. Ella suspira.

—Oh, Hank.

—Sí, yo también lo siento, cariño. ¿Podemos detener el tiempo ahora mismo?

—Eso estaría bien para mí, pero no creo que vaya a suceder.

—No, supongo que no. Pero, bueno, ¿considerarías hacer permanente este arreglo de vivienda?

La garganta de Ellen se cierra, ella chilla—: ¿Permanente?

—Sí, como tal vez casarte conmigo y completar mi vida. —Hank la toma por los brazos y la extiende para poder verle la cara—. Sé que los niños estarían a favor.

El corazón de Ellen se acelera y sus manos se ponen sudorosas.

—¿Es una propuesta?

—¿Quieres que lo sea? —Hank parece inseguro, y para un hombre que siempre parece saber lo que quiere, y parece pensar las cosas detenidamente antes de comprometerse, esa incertidumbre es algo muy importante.

Ellen no sabe qué pensar. Por un lado, está loca por el chico. Pero, por el otro, no se conocen desde hace mucho tiempo. ¿Y si se trata de una locura navideña que los une?

—Tal vez, pero démosle unos días más, ¿de acuerdo? Asegúrate de que no sean las vacaciones y la nostalgia.

—No es por las vacaciones. Ni nostalgia.

—Shh —ella dice colocando sus dedos sobre su cálida boca. Eso es un error porque toda su mano comienza a hormiguear por la sensación de sus labios. Ella retira la mano—. ¿Podemos darle unos días más y hablar de ello después de navidad?

—Si insistes. Pero quiero que sepas que creo que me estoy enamorando de ti, Ellen.

—Oh, Hank. —Ella suspira. Ella tiene que admitirlo ante los dos—. Creo que también me estoy enamorando de ti.

Él tira de ella hacia adentro.

—Bien, ahora bésame, señorita bonita.

Ella inclina la cabeza hacia él.

—Okey.

Sus labios son cálidos y firmes cuando rozan los de ella. Ella se abre y él entra. Su beso es como navidad, año nuevo y día de la independencia, todo en uno. La promesa de un regalo especial, el comienzo de algo nuevo y fuegos artificiales. Sus huesos se derriten y ella se hunde contra él. La rodea con sus fuertes brazos y ella siente que finalmente está en casa, por fin, después de una larga ausencia.

Ella pasa sus manos por sus brazos y alrededor de su cuello, sus dedos jugando en el cabello de su nuca. Es más largo de lo que había sido cuando se conocieron; había sido muy corto al final del verano, pero sabe se lo ha dejado crecer para protegerse del frío del invierno. Él se había afeitado esa mañana, pero le pica un poco la cara. No siempre se afeita y la barba desaliñada que a veces tiene es sexy. Ella se pregunta cómo se sentirá su barba incipiente en otros lugares de su piel. Ella siente que su cuerpo se anima con ese pensamiento.

Ellen se aparta; no puede ir allí con niños en la casa, especialmente con su estudiante. Ella tiene que ser un buen modelo por seguir y besarse como una adolescente no sería bueno.

—Hank, los niños.

Él suspira y apoya la frente contra la de ella.

—Sí, es mejor que no me atrapen besándote como adolescentes.

—Mis pensamientos exactamente.

—Oye, se supone que no puedes pensar cuando te estoy besando.

—Bueno, fue difícil, pero alguien tenía que hacerlo.

Él se ríe entre dientes.

—Punto entendido, señorita Truehart.

—Mi frittata tarda aproximadamente media hora en prepararse y media hora en hornear.

—Ah, bonito cambio de tema. Los rollos de canela toma aproximadamente la misma cantidad de tiempo.

—Los preparamos y los metemos en el horno a eso de las ocho, cuando bajen los niños. Luego, después de que abran los regalos, comemos, ¿eso está bien? —pregunta Ellen.

—Sí, esa es la idea. Prepararé el café a eso de las siete, luego saldré a dar de comer a los caballos y nos reuniremos en la cocina a eso de las siete y media. ¿Suena bien?

—Sí, suena bien. Odio besarte y salir corriendo, pero si no lo hago, podría sentir la tentación de arrancarte la ropa y hacer lo que quiera contigo.

Él sonríe.

—Yo lucharía contigo en eso.

—No ayudas.

Su sonrisa se hace más grande.

Ella lo aparta para ponerse de pie.

—Te veo en la mañana.

—¿Un besito más?

Ella le da un beso en la frente y sale corriendo de la habitación.

Capítulo 17

Hank llega de dar de comer a los caballos y encuentra a la deliciosa señorita Truehart cocinando en su cocina. Su corazón se estremece. Él podría acostumbrarse a esto. Él no sabe por qué ella lo está desanimando, después de que finalmente admitió ante sí mismo y ante ella que quiere más. Ella había dicho que también lo ama, así que ¿por qué la distancia?

¿Él se está precipitando en esto? No lo cree así. Él ha sido viudo dos años, eso es mucho tiempo. Él se había sentido atraído por Ellen desde el primer día que la vio, el primer día de clases. Eso había sido hace cuatro meses, y él se había tomado su tiempo y había mantenido las distancias. Entonces, por eso no tiene ganas de apresurarse. Han pasado tiempo juntos durante ocho semanas. Puede que se apresure un poco allí, pero no es como si fuera un niño y no supiera lo que piensa. Esta es solo la segunda vez que se siente enamorado.

Él había crecido con Charlene. Habían sido mejores amigos desde siempre. Habían salido durante años, durante toda la escuela secundaria y bachillerato. Para ellos había sido una progresión natural casarse y tener hijos. Cuando ella murió, él no sólo había perdido a su esposa, sino también a su mejor amiga y confidente. Si no hubiera tenido que cuidar a los niños, podría haber caído en una depresión. Pero había tenido niños pequeños que cuidar: Alyssa solo tenía cuatro años, Tim seis y Mike ocho cuando ella se enfermó. Demasiado pequeños para valerse por sí mismos, él aguantó y trató de ser tanto padre como madre.

Él no había tenido ninguna otra mujer ni siquiera llamado su atención y varias lo habían intentado. Simplemente a él no le había interesado. Pero el día que entró en la clase de tercer grado de Alyssa, le pegaron en la cabeza con la belleza de Ellen. Al principio, se sintió aliviado al saber que podía sentir algo, cualquier cosa. Pero cada vez que la había visto, sentía la misma atracción instantánea hacia ella y nada con todas las demás mujeres de la ciudad. Él había admitido para sí mismo que era solo por ella, pero ella era la maestra de su hija y, por lo tanto, estaba fuera de los límites. Pero ya no se siente así. Él quiere a esta mujer en su cama y en su vida. Quizás cuando los niños se vayan con sus abuelos después de navidad...

—Oh, ahí estás. No te escuché entrar.

Hank niega con la cabeza para aclarar sus pensamientos y traerlo de vuelta al presente.

—Oh, sí, acabo de entrar, un poco embarrado de afuera. Dejé mis botas junto a la puerta. Puedo ser muy silencioso en calcetines.

—Lávate y te serviré un poco de café y podremos llevar este espectáculo a la carretera, también conocido como pan de canela y frittata en el horno.

—Sí, señora.

Después de que Hank se lava, se acerca y le quita el café de la mano, lo deja en el gabinete y la atrae para darle un beso. Y no uno tronador en la frente, sino uno caliente con la lengua. La besa hasta que ella se derrite contra él y luego se aparta.

—Ok, vamos a cocinar.

Ellen se queda allí mirando aturdida.

—Ya está caliente.

—Bien, eso es lo que estaba buscando. Feliz navidad, Ellen.

—Feliz navidad, Hank. Entonces, ya has estado ocupado esta mañana preparando café y encontré que el chocolate se mantiene caliente en la estufa. De hecho, manipulé mi taza con un poco.

—Sí, a los niños les encanta, es una de nuestras tradiciones navideñas. Mi esposa también siempre ponía un poco con su café.

Trabajan codo con codo preparando el *brunch* navideño. Ella termina el trabajo de preparación de la frittata antes de que él termine el pan de canela, así que corta un poco de fruta y saca los platos, vasos y cubiertos y pone la mesa.

Acaban de meter la comida en el horno cuando los niños bajan las escaleras.

—¡Es la hora! —grita Alyssa.

Los chicos se ríen de ella, pero están tan emocionados como Alyssa.

Hank sonríe.

—Así es, tu chocolate caliente está en el mostrador. Llévalo con cuidado a la sala.

***

Ellen lleva su café a la sala y se sienta en un rincón del sofá. Espera que a todos les guste lo que les había comprado. Ella se había vuelto un poco loca con el regalo de Hank, pero ella quería lo que quería, así que derrochó en él.

—Es mi año para interpretar a Santa —dice Tim con una sonrisa—. Siéntense todos y yo distribuiré los regalos. Nadie abre nada hasta que termine.

Ellen se sorprende al encontrarse con un regazo lleno de regalos. El de Hank es bastante grande.

Cuando Tim declara que ha terminado y que pueden comenzar a abrirlos, Ellen decide comenzar con el regalo de Alyssa y avanzar por edades. Ella abre una hermosa horquilla para el cabello. Es un óvalo de cuero y tiene estampadas mariposas, que han sido pintadas en varios colores.

—¿Alyssa, hiciste esto tú misma?

—Sí, ¿te gusta?

—Me encanta, Alyssa. Muchas gracias.

—Creo que se verá bonito en tu cabello.

—También lo creo. Podemos probarlo más tarde.

Tim interrumpe.

—Oh, muchas gracias, Ellen, por la navaja. Mi pequeña navaja ya no está a la altura de mi tallado.

—De nada, Tim. Me di cuenta de que necesitabas uno nuevo. Y eso hace de todo.

—Papá, mira la navaja de bolsillo que Ellen me dio.

Ellen abre su regalo de Tim. Es un cinturón de cuero trenzado en el medio y sólido en los extremos. Ellen se pregunta cómo se hace el trenzado.

—Tim, esto es increíble; ¿Cómo se puede trenzar con los extremos sólidos?

—Es magia. Podría decírtelo, pero luego tendría que matarte. —Luego él se ríe de su propia broma—. No, es simple, como que lo trenzas y luego lo volteas dentro de sí mismo y luego lo trenzas más y lo volteas de nuevo. Te mostraré.

—Gracias. Es muy bonito, lo usaré mucho.

—Oh, señorita... Ellen, una nueva sudadera navideña. Me encanta, y también un bonito collar. Gracias. —Alyssa lo sostiene contra su pecho y lo abraza—. Casi no puedo esperar para ponérmela.

—De nada, espero que la disfrutes tanto como la anterior.

Ellen abre su regalo de Mike. Es un portalápiz hecho a mano con su nombre grabado en él, y dibujos dibujados a mano que lo rodean de una manzana y lápices y todo tipo de artículos de maestra tallados en el cuero.

—Mike, esto es maravilloso. ¿Hiciste todo esto tú mismo? Eres un trabajador del cuero con mucho talento.

Mike se sonroja.

—Estoy practicando. Todavía no soy tan bueno como papá, pero estoy mejorando todo el tiempo. —Él mira el regalo en su regazo claramente terminado con la conversación—. Mi propia riata, ¡yay! Gracias, Ellen, quería la mía.

—Me di cuenta de que tomaste prestada la de tu padre cada vez que tuviste unos minutos para practicar.

Mientras los niños siguen abriendo sus regalos, charlando y vitoreando a medida que avanzan. Ellen mira su último regalo. Es de Hank, y la anticipación la está matando. Pero al mismo tiempo, es tan embriagador que quiere prolongarlo. Ella mira hacia donde está sentado Hank y lo ve mirándola, sosteniendo su último regalo envuelto. Su regalo.

Él sonríe.

—¿A las tres?

Ella asiente.

—Uno.

—Dos.

—Tres. —Abre su paquete. Dentro están las botas vaqueras más hermosas que ha visto en su vida—. Oh, Hank, son hermosas. Tú las hiciste, ¿no es así?

Ella mira hacia arriba para verlo sosteniendo el regalo que ella le había comprado. Él parece estupefacto.

—¿Un Stetson blanco?

—Porque eres mi héroe.

Capítulo 18

Hank asiente con la cabeza hacia la cocina y se aclara la garganta para hacer que el nudo en ella baje.

—Ellen y yo vamos a sacar el desayuno del horno. Niños, pongan el papel de regalo y las cajas en la bolsa de basura.

Ellen sigue a Hank hasta la cocina. Él ha apagado el horno y cuando ella entra, la lleva a la despensa, enciende la luz y cierra la puerta. Luego la acerca a él y le tapa la boca con la suya para darle un beso abrasador. Ella lo agarra del cabello y lo aprieta con fuerza.

Cuando necesitan respirar, él se echa hacia atrás y pone su frente sobre la de ella.

—No puedo creer que me hayas comprado un Stetson blanco. No creo que me merezca el sentimiento que hay detrás, y esas cosas son muy caras.

Ella lo mira a los ojos.

—Bueno, para mí, te lo has ganado y es lo que quería comprarte, incluso si nunca lo usas.

—¿Qué nunca lo voy a usar? ¿Estás bromeando? No planeo quitármelo, excepto para dormir y ducharme.

Ellen sonríe.

—Bien. Odiaría que mi dinero ganado con tanto esfuerzo se sentara en un estante.

—Ah, y otra vez me lo quitaré… para hacerte el amor.

Ellen jadea.

Hank sonríe.

—A menudo. A partir del minuto en que los abuelos de los niños vengan a buscarlos mañana por la mañana.

Ellen chilla.

—¿Abuelos?

—Sí. Temprano. Mañana. Así que será mejor que descanses esta noche. —Y luego la besa de nuevo y el tiempo se detiene mientras se deleitan el uno con el otro.

Hank se aparta.

—Pero ahora será mejor que saquemos el desayuno, antes de que los niños vengan y nos encuentren besándonos en la despensa.

Ellen se ríe.

—Es cierto, me sorprende que aún no lo hayan hecho.

—Había mucho papel de regalo.

***

El desayuno es un asunto ruidoso, y todos hablan a la vez sobre sus regalos mientras sirven el desayuno. La frittata es un éxito y los rollos de canela es el complemento perfecto para el sabroso plato.

Cuando todos están satisfechos y la cocina está limpia, Alyssa pregunta—: ¿Es hora del rompecabezas?

—Sí. Mike, agarra la mesa plegable. Tim, trae las sillas plegables. Alyssa, trae el rompecabezas. Ellen y yo limpiaremos el desorden del desayuno.

—¿Puedo ponerme mi nueva sudadera de navidad? —pregunta Alyssa.

Hank dice—: Bueno, puedes usarla hoy si quieres o puedes usarla mañana, cuando vengan tus abuelos. Es tu elección.

—Oh, esa es una elección muy difícil, me encanta, así que quiero usarla ahora, pero también me gustaría mostrársela a mis abuelitos.

Ellen sugiere—: Podrías usar tu nuevo collar hoy y guardar la sudadera para mañana.

—Oh, es una gran idea, ¿me ayudarías a ponérmelo?

—Sí, estaría feliz de hacerlo.

Los niños salen corriendo para hacer sus tareas y Ellen mira a Hank.

—¿Cuál es el rompecabezas?

—Oh, cada año, el día de navidad, armamos un nuevo rompecabezas. Empezamos a hacerlo cuando Alyssa tenía cuatro años y lo hemos hecho todos los años. Es una forma divertida de pasar tiempo juntos en navidad, en lugar de salir solos a jugar con juguetes nuevos o mirar televisión. Cuando terminamos, lo enmarcamos y colgamos en la pared.

—He visto algunos rompecabezas en las paredes. No me di cuenta de que era una tradición navideña. Suena divertido.

—El que está en el pasillo de arriba es el primero y si miras de cerca, falta una pieza porque la encontramos masticada, en la boca de Alyssa. Eso fue repugnante. Ella no tenía la edad suficiente para ayudar con un rompecabezas.

—Ahora tendré que examinarlo —dice Ellen y se ríe de su expresión.

—De todos modos, lleva prácticamente todo el día, por eso usamos la mesa de juego. Entonces no tenemos que moverlo para cenar más tarde.

Pasan el día riendo, hablando y armando el rompecabezas. Toman unos aperitivos a primera hora de la tarde y ponen el jamón en el horno para cocinar y las albóndigas en la olla de cocción lenta. Ponen las verduras y las patatas gratinadas en la rejilla inferior del horno aproximadamente una hora antes de que quieran comer.

El rompecabezas está casi terminado cuando se sientan a cenar. Los niños no se avergüenzan de probar los nuevos alimentos y todos comen hasta saciarse.

—Esto es tan delicioso, Ellen —dice Alyssa llevándose otro tenedor lleno de papas a la boca.

—Me encantan las manzanas. —Tim se sirve su tercera ración de manzanas con canela.

—Me alegro de que a ambos les gusten los nuevos platillos. Mike se une.

—Me gustan las albóndigas... y el jamón también.

Hank sonríe con pesar.

Después de la cena, Hank hace que los niños limpien los platos mientras él y Ellen guardan la comida. Luego completan el rompecabezas y los niños se van a llevar sus nuevos regalos a su habitación y prepararse para la llegada de sus abuelos por la mañana.

Ellen se hunde en el sofá agotada por el ajetreado día.

—Esa fue la navidad más divertida que he tenido en mucho tiempo.

Hank se une a ella en el sofá.

—¿Tienes familia, Ellen?

—No, mis padres lucharon con la fertilidad. Mi madre tenía cuarenta años cuando me tuvo y mi padre cuarenta y cinco. Se vieron atrapados en una extraña tormenta de nieve hace cinco años, mientras yo estaba en la universidad, y su carro se salió de la carretera y chocó con un árbol. Me dicen que murieron en el impacto.

—Lo siento, cariño. ¿No tienes más hermanos o familia extendida?

—No, ambos eran de hogares con hijos únicos. No hay tías ni tíos, y sus padres ya estaban muertos cuando finalmente me tuvieron. Pero éramos una pequeña familia feliz.

—Bueno, puedes compartir la mía.

—Disfruté mucho compartir la tuya esta semana.

—Me gustaría que los compartieras de forma permanente.

—Lo sé. Todavía estoy pensando en eso. Me temo que la junta escolar no lo aprobaría.

—Me importa un comino si lo hacen o no.

—Hank...

—Lo sé, pero voy a intentar convencerte, comenzando mañana cuando los niños se vayan con sus abuelos.

—No creo que vaya a bajar a despedir a los niños. A sus abuelos no parece que yo les agrade mucho. También podría pasar la mañana planificando las lecciones.

—Está bien, pero tendrán que superar esa actitud. —Él sacude la cabeza—. No creo que tengan la intención de hacer daño. Creo que se sorprendieron de verte la última vez. Ya deberían estar bien. Pero no tenemos que probar esa teoría mañana. Iré a buscarte una vez que los niños se hayan ido.

—Eso sería perfecto —ella murmura y le da un beso largo.

Capítulo 19

Hank despide a sus hijos desde la puerta.

—Diviértete, nos vemos el año que viene.

Alyssa se ríe.

—Adiós papá, nos vemos el año que viene. —Los chicos ponen los ojos en blanco, ya no les divierte la broma.

Hank cierra la puerta principal y vuelve a la cocina para terminar su *desayuno en la cama* para Ellen. Todo lo que tiene que hacer es servir el café y sacar los platos del horno. Lo pone todo en una de las bandejas que habían recibido cuando su esposa estaba demasiado enferma para llegar a la mesa. Él había tratado de encontrar bonitas bandejas para animarla. *Espero que usarlos para entretener y seducir a Ellen les dé buenos recuerdos. En este momento, hay demasiada tristeza asociada con ellos y son demasiado agradables para tirarlos. Pero Ellen ya nos ha ayudado a dejar de lado mucha de esa tristeza para los cuatro. Ahora todo lo que tengo que hacer es convencerla de que lo haga permanente.*

Él lo prepara todo y luego lo sube con cuidado por las escaleras. No está seguro de cómo va a tocar y abrir la puerta, pero tiene recursos y descubrirá algo. Él espera que no esté bien cerrada porque entonces no sabrá qué pensar o hacer. ¿Y si ella no lo quiere? ¿Y si él está leyendo más sobre su relación de lo que ella quiere? ¿Y si...? *No, ahora deja de ser un paranoico y un idiota.*

Llega a la puerta y la encuentra entreabierta.

—¿Ellen?

—Entra, Hank.

Hank abre la puerta y está a punto de dejar caer la bandeja. Ellen está en la cama con solo una sábana encima y parece que no hay nada debajo. Él se para justo dentro de la puerta, sin moverse, probablemente sin respirar.

—¿Hank?

Él sacude la cabeza y gruñe—: Traje el desayuno.

—Oh bien, estoy hambrienta. ¿Por qué no dejas todo eso en la mesita de noche y te unes a mí? Primero podemos ocuparnos del hambre más fuerte y luego de comer.

—Va a hacer frío —él dice estúpidamente. No cree que su cerebro esté funcionando, en lo absoluto.

—Hank, deja eso, desnúdate y ven aquí. —Ella dice con su voz de maestra de escuela, que finalmente rompe su estado de congelación.

—Sí, señora. —Él sonríe, deja la bandeja y se quita la ropa en segundos.

Mientras se desliza en la cama con una mujer amorosa, cálida y desnuda, piensa que tal vez sus años de dolor finalmente están llegando a su fin.

***

Ellen espera que no esté siendo demasiado agresiva, pero él está allí parado y ella está empezando a sentirse avergonzada. Él ha sido el que hablaba de hacer el amor en el instante en que los niños se fueran con sus abuelos, así que ella ha estado lista para eso y él está allí parado. ¿él ha cambiado de opinión? Ella no lo cree. Finalmente, cuando ella le habla con firmeza, él se sube a bordo rápidamente. Él se quita la ropa tan rápido que ella apenas tiene tiempo de admirar su forma. Supone que podría hacerlo más tarde.

Él se desliza debajo de la sábana y la abraza y se siente maravilloso. Él es todo músculos duros y carne cálida contra su suavidad. La rodea con un brazo y la atrae hacia sí. La otra mano se enreda en su cabello y arrastra su boca hacia la suya en un beso desesperado.

Ella suspira y se relaja; no parece reprimirse como si hubiera cambiado de opinión. Aun así, ella no sabe qué esperar, pero él la está calentando con besos drogadictos y caricias cálidas.

—Mmm, tan suave. Tu piel es tan suave. Lo siento, me congelé. Simplemente no pensé que estuvieras lista para que yo entrara y me abalanzara sobre ti. Tenía todo tipo de ideas de seducción corriendo por mi cerebro y luego, cuando entré y estabas desnuda y lista, no podía pensar ni moverme.

Ella le acaricia la espalda y le aprieta el trasero.

—Pero ahora estás bien, excepto que necesitamos hablar menos y besarnos más.

***

Él se ríe y acerca su boca a la suya. Le pasa la mano por la espalda y la rodea para encontrar sus pechos y los aprieta suavemente, pasando el pulgar por el pezón derecho. Se endurece para él, así que baja la cabeza para lamerlo y luego se lo mete en la boca para succionar suavemente.

Ella gime y arquea la espalda, lo que empuja su pecho hacia él, así que él chupa más fuerte y mueve la punta con la lengua hasta que ella se retuerce. Luego procede a prestarle la misma atención a su seno izquierdo.

—Hank, te necesito dentro, ahora.

Él se ríe entre dientes y vuelve a atacar su boca mientras su mano se inclina hacia abajo para probar la verdad de esas palabras. La encuentra goteando y lista para él, él se pone un condón que había visto en su mesita de noche y luego se coloca encima de ella.

—No quisiera decepcionar a una dama. —Y luego empuja suavemente en su cálida humedad.

Ella envuelve sus piernas alrededor de su cintura y empuja hacia arriba, llevándolo más profundo, llenándola por completo. Ella suspira y él gime. Y empiezan a moverse juntos. No sabe cómo están totalmente sincronizados entre sí, pero lo están. Por qué no hay torpezas ni errores es un milagro. Pero ella no se queja, es glorioso. Él mete la mano entre ellos y le frota el clítoris y ella estalla. Él se sumerge en ella mientras ella lo ordeña con sus músculos internos y se une a ella en liberación, con un gemido de satisfacción.

Cuando pueden moverse, él rueda fuera de ella y tira de ella cerca. Él se quita el condón y lo arroja a la basura junto a la cama. Se acurrucan juntos durante unos minutos hasta que su estómago ruge.

Él le besa la nariz.

—Como fuimos tan eficientes en el departamento de hacer el amor, no creo que el desayuno esté demasiado frío para comer.

—Sí, teníamos la mecha bastante corta, pero no me quejo. Comamos. Y luego podemos tener la segunda ronda.

—Excelente idea —él dice mientras se levanta para tomar la bandeja del desayuno.

Hank y Ellen pasan los siguientes cuatro días abrazados. Hacen el amor, comen más recalentado de navidad, hacen el amor, alimentan a los caballos, hacen el amor, hablan y se ríen, se duchan mientras hacen el amor y duermen. Cuando él necesita reportarse con los trabajadores o cuidar del ganado, ella trabaja en planes de lecciones o se pasea por su casa. A veces él cocina y a veces ella lo hace. Se encuentran haciendo el amor cada vez que se acercan demasiado. Es una suerte que los niños no estén allí, o habrían recibido una buena educación, y no una aprobada por la junta escolar.

Capítulo 20

Ellen y Hank están tomando café después del desayuno cuando suena el teléfono celular de Ellen. Ella se sobresalta. Él cree que ella no recibe muchas llamadas, de hecho, no la había visto tomar más de una o dos durante todo el tiempo que ella había estado en su casa.

Él se sienta allí disfrutando de la tranquila mañana y la ve contestar el teléfono. Ella es tan bonita a la vista, y ha disfrutado los últimos cuatro días con ella en su casa y en su cama. Él se pregunta si a ella le interesaría...

Su cerebro tartamudea hasta detenerse, cuando ve que toda la sangre se le escapa de la cara y de su puño. ¿Ahora qué? Él trata de tomar su mano, pero ella se resiste.

—Está bien, dos de enero, a la una en punto en la sala de reuniones del juzgado, en el segundo piso. Está bien, estaré allí. Sí, señor. Adiós.

Ella cuelga el teléfono y apoya la cabeza en la mesa, sus hombros se hunden como si el peso del mundo estuviera sobre ellos. Él está empezando a asustarse.

—¿Qué pasa, cariño?

Ella lo miró y su rostro es una máscara de desesperación. Ella está llorando, las lágrimas corren por su rostro y la desesperanza en sus ojos le rompe el corazón.

—¿Quién era ese? ¿Qué querían?

—Está sucediendo, exactamente como temía. La junta escolar quiere verme después del año nuevo. Quieren que enfrente los cargos en mi contra.

—¿Qué cargos?

—Oh, no pregunté, pero él mencionó que yo era una mala influencia para los niños.

—¿Qué? Eso no es cierto.

—Bueno, el hecho de que me junte contigo podría considerarse una mala influencia.

Hank pone los ojos en blanco.

—Oh, por favor, en la sociedad actual...

—Los maestros todavía tienen un estándar más alto.

—Pero hemos sido discretos y no hemos hecho nada frente a los niños.

—No, no lo hemos hecho, sin embargo, todavía soy una maestra soltera que vive con un hombre soltero.

—Sí, después de que un hombre intentó violarte en tu propia casa. Espera, voy a hacer una llamada y llegar al fondo de esto. Tengo un amigo en la junta escolar. Su hijo está en la misma clase que Mike y nos hemos vuelto bastante cercanos mientras esperamos que los chicos tengan sus reuniones.

—Adelante, llama. Me voy a acostar unos minutos.

***

Ellen oye que Hank sube las escaleras y llama a la puerta.

—Adelante.

Él no parece feliz.

—Bueno, hay buenas y malas noticias. La buena noticia es que Edward se ha ido y está de regreso en Seattle. La mala noticia es que él y otra persona ha levantado un nido de avispas. Le dijeron a la junta escolar que te quedarías conmigo después de que arrestaron a Edward por cargos falsos. Eso puede demostrarse que es incorrecto, con los registros policiales de esa noche. Pero también obtuvieron algún tipo de información de tu trabajo de enseñanza anterior que no lo muestra bien, por lo que les preocupa que tú seas una mala influencia para los niños.

—Eso es genial. Me alejé de ese trabajo y me sigue hasta aquí. —Ellen se levanta, saca la maleta y empieza a meter sus cosas.

—¿Qué estás haciendo?

—Volviendo a mi casa, no puedo justificar estar aquí contigo, si Edward se ha ido.

—Pero te amo y quiero casarme contigo.

—No, tenemos que romper nuestra relación ahora mismo. No quiero perder mi trabajo. —Ella ríe amargamente—. Eso es si todavía tengo uno que perder. Maldita sea, Hank. Esto no es justo. Podría estar en el próximo barco que salga de aquí el tres de enero.

—No, eso no va a suceder. No te vayas, hablemos de esto.

—No, no puedo. Necesito salir de aquí. —Ella se gira hacia él con lágrimas en los ojos—. Solo necesito irme. Ahora.

—Si es necesario, pero iré contigo a la audiencia.

—No, eso lo empeoraría aún más. Yo puedo hacer esto sola.

Ella cierra la maleta, se acerca a él y le pone la mano en el pecho.

—Muchas gracias por una maravillosa navidad. Fue una de las mejores de mi vida. Adiós, Hank, espero que tengas una buena vida.

Ellen baja las escaleras, toma su abrigo y sale de la casa de Hank con el corazón apesadumbrado y lágrimas en el rostro.

***

Hank se queda allí atónito, mientras la mujer que ama sale de su vida con un adiós que suena definitivo. Él le dará un par de días, pero él va a ir a la reunión de la junta escolar y eso es todo.

Él está contento de tener a sus hijos de regreso el día de Año Nuevo. Nunca le había importado pasar solo las vísperas de Año Nuevo anteriores, pero este año se había sentido solo. Él había echado de menos a Ellen algo feroz y los niños que se habían ido solo lo enfatizaban. Mañana él irá a la reunión de la junta escolar y apoyará a la mujer que ama.

Cuando Ethel entra por la puerta, mira a su alrededor y luego asiente con satisfacción.

—Hank, ¿puedo hablar contigo en privado?

—Ethel, has hecho suficiente. —Howard gime.

—Silencio, Howard. Ayuda a Alyssa a llevar su maleta a su habitación. Será sólo un momento.

Hank no tiene idea de lo que está pasando, pero lleva a Ethel por el pasillo hasta su oficina y cierra la puerta.

Ethel se pone las manos en las caderas.

—Alyssa me dice que su maestra pasó la semana antes de navidad contigo, aquí en la casa.

—Sí, así es.

—Supongo que ella ya se ha ido —dice Ethel con satisfacción.

—Sí, ella volvió a su casa.

—Bien. Esperaba que fuera lo suficientemente inteligente como para captar una indirecta.

—¿Perdón?

—Oh, um, bueno —murmura Ethel y luego cuadra los hombros—. Hank, necesitas saber la verdad. Cuando escuché que la señorita Truehart había hecho arrestar a mi querido Edward, investigué un poco sobre ella y encontré muy mala información. La señorita Truehart fue despedida de su trabajo anterior por acoso sexual. Le informé a la madre de Edward y ella llamó a la junta escolar. No podemos tener ese tipo de influencia en nuestras escuelas. Ella trató de dañar la reputación de Edward y luego pasó contigo.

—Oh Dios mío. Ethel, no tienes ni idea de lo que estás hablando. Primero, Ellen no fue despedida. Ella renunció, porque el director de la escuela no la dejaba en paz. Él Siguió *acosándola* por sexo, no al revés. Ellen trató de decírselo a la escuela y a la junta escolar, pero la red de buenos chicos la frustró, así que se fue y se mudó aquí.

—En segundo lugar, Edward fue arrestado porque intentó violarla. Lo pillé acosándola en la escuela cuando ella claramente le estaba diciendo que no, y le dije que retrocediera. Ellen le dijo, frente a mí, que ella no estaba interesada y él se negó a aceptar un no por respuesta. —Hank se pone las manos en las caderas y mira a su exsuegra.

—Unos días después, cuando ella llamó a la policía, él la empujó en su propia casa, le rasgó el vestido y la estaba maltratando. Tu *querido Edward*, estaba un poco borracho y planeaba tomarla por la fuerza. Ella le dio un rodillazo y luego lo golpeó en la cabeza con un paraguas que tenía cerca de la puerta, lo empujó hacia la puerta y llamó a la policía.

—¿Estás seguro?

—Sí, escuché la llamada en el escáner de la policía y fui directamente. Edward estaba siendo metido en la patrulla y la vi, con su vestido rasgado y rasguños en el pecho, donde él había agarrado su vestido.

—Oh.

—Ethel, tú y yo siempre hemos tenido una relación amistosa, pero eso va a cambiar si no retrocedes. Quiero casarme con esa mujer. Yo la amo y mis hijos también, si ella pierde su trabajo y tiene que mudarse, no voy a estar feliz.

Ethel se retuerce las manos.

—Oh, yo no tenía ni idea. Quiero que seas feliz, Hank. Simplemente no quiero que se aprovechen de ti.

—Soy un adulto y sé lo que hago con mi vida. No necesito un perro guardián.

—Está bien, Hank, lamento haberme entrometido. Howard dijo que no debería involucrarme. —Ella sacude su cabeza—. ¿Hay algo que pueda hacer?

—Sí, dime dónde encontraste la información sobre el primer trabajo de maestra de Ellen.

Cuando Ethel y Howard se van, reúno a los niños a su alrededor y dejo que me cuenten sobre su semana con sus abuelos. Cuando terminan, él dice—: La señorita Truehart recibió una llamada de la junta escolar y tendrá que ir a una reunión mañana. Necesito investigar un poco para ver si puedo ayudarla a mantener su trabajo. ¿Pueden, niños, entretenerse unas horas mientras trato de obtener información para ayudarla?

Mike frunce el ceño.

—¿Por qué ella va a perder su trabajo?

—Alguien ha dicho algunas mentiras sobre ella y la junta escolar cree que podría ser una mala influencia para los niños.

—Eso es simplemente estúpido —dice Mike.

—Sí, por eso tengo que intentar ayudarla. Mike, ¿puedes vigilar a tus hermanos? Tim y Alyssa, ¿pueden ir a jugar tranquilamente?

Los tres asienten.

—Bien, chicos, ¿pueden empezar por encargarse de los caballos?

—Claro, papá —ellos dicen y se van.

—Estaremos bien, papá. Simplemente ayuda a mantener a la señorita Truehart como mi maestra —dice Alyssa con lágrimas en los ojos.

—Haré todo lo posible, no te preocupes, muñequita.

—¿Puedo llamar a Rachel, papá?

—Sí, claro. —Él se siente aliviado de que ella esté hablando con su amiga y no se preocupe por su maestra.

***

Mientras su papá camina por el pasillo hacia su oficina, Alyssa va directamente a la cocina para llamar a Rachel. Cuando Rachel responde, Alyssa ni siquiera le da la oportunidad de hablar.

—Tenemos que ayudar a la señorita Truehart. Alguien dijo algunas mentiras sobre ella y la junta escolar cree que es mala con los niños. ¿Puedes decirle a tu mami y ver qué piensa?

—Oh no, me encanta la señorita Truehart. Hablaré con mami ahora mismo.

—Bien, podemos hablar de nuestra navidad después de ayudar a la señorita Truehart, ¿de acuerdo?

—Okey.

Capítulo 21

Ellen pasa un fin de semana largo preocupándose por la próxima reunión. ¿Qué va a hacer ella? ¿La van a despedir? ¿Ella podría probar su inocencia? Si la despiden, ¿tendrá que irse? Si no es despedida, ¿se atreverá a tener una relación con Hank? Ella no ve cómo podría seguir viéndolo. Sus pocos días de felicidad habían terminado; habían sido los mejores días de su vida.

Ella pasa por todas las emociones que una persona podría tener: ira, dolor, miedo, resolución y luego comienza de nuevo. Ella tiene tres días de confusión. Finalmente, en medio de la noche antes de la reunión, toma una decisión. Lo anota y luego se va a la cama y duerme como una piedra.

Al día siguiente, Ellen entra al juzgado y es recibida por la alcaldesa Carol.

—Hola, querida. Tuvimos que trasladar su reunión a la sala del tribunal. Ven conmigo.

Ellen entra en la sala del tribunal abarrotada y no puede creer lo que ve. Todos y cada uno de los padres de sus estudiantes están ahí. Sus mejillas se calientan y sus hombros se hunden. No sólo tiene que enfrentarse a la junta escolar, sino que tiene que hacerlo frente a los padres de sus alumnos. Esto es peor de lo que jamás había imaginado; ella no piensa que podría quedarse en esta ciudad después de este fiasco. Ese pensamiento hace que se le rompa el corazón: ella ama este pequeño pueblo y ama a sus estudiantes.

La alcaldesa Carol abre el camino hacia el frente de la sala del tribunal y hace un gesto hacia una mesa para que ella se siente. Hank está sentado a la mesa y la mira con una sonrisa cálida y amorosa. Él está vestido con un traje, bien afeitado y tiene un nuevo corte de cabello. Le da valor para hacer lo que debe. Ella levanta la cabeza y cuadra los hombros.

El presidente de la junta escolar se pone de pie.

—Saludos a todos. Como probablemente sepan, soy el presidente de la junta escolar Fredrick Winkley. Gracias por su apoyo. Señorita Truehart, permítame comenzar diciendo que recibimos una noticia inquietante de un miembro de esta comunidad, lo que implica que usted tenía un carácter moral débil. Decidimos que es imperativo tener esta reunión para determinar qué hacer con respecto a esta noticia.

—Sin embargo, el señor Hank Jefferson recibió de nuestro ferry desde Chelan y nos dio algunos paquetes de información. Revisamos esos papeles una vez que nos instalamos en el juzgado. En esa información, descubrimos que algunas de las acusaciones relacionadas con su comportamiento son erróneas. El señor Jefferson descubrió varias quejas sobre su ex director de otras maestras jóvenes, del pasado. Ahora creemos que fuiste una víctima en tu escuela anterior, y no al revés, como estaba implícito.

—En cuanto a otras acusaciones; las abordaremos uno a la vez. El primero de los cuales es el arresto de Edward Jameson. Oficial Ben Reynolds, creemos que usted fue el oficial que respondió. ¿Puede decirnos qué encontró?

Ben se pone de pie y se acerca.

—Ciertamente. Me llamaron a la casa de la señorita Truehart después del desfile de navidad celebrado en la escuela el viernes antes de navidad. La señorita Truehart había reportado un asalto. Cuando llegué a su casa, Edward Jameson estaba en el porche delantero comenzando a recuperar el conocimiento. Lo metimos en la patrulla mientras hablábamos con la señorita Truehart.

—Cuando la señorita Truehart abrió la puerta, ella se estaba poniendo un suéter para cubrirse. Su vestido estaba desgarrado por delante y tenía rasguños en el pecho. Vi que su bolso y algunos papeles estaban esparcidos por el suelo a unos metros de la puerta. También había un zapato en el suelo a unos treinta centímetros de la puerta.

—Al interrogar a la señorita Truehart, ella dijo que estaba abriendo la puerta principal de su casa cuando la empujaron por detrás. Dijo que se cayó al suelo, dejó caer su bolso y los papeles que había traído a casa para calificar. También informó que Edward la siguió a la casa después de empujarla y luego la levantó y la empujó contra la puerta cerrada, rasgando su vestido y maltratándola de manera inapropiada. Ella informó haberle dado un rodillazo en sus partes privadas y luego haberlo golpeado en la cabeza con un paraguas que tenía cerca. Ella informó que lo empujó hacia el porche, se encerró dentro y llamó a la policía.

—Yo estaba cerca de su casa, así que respondí en tres minutos con mi respaldo llegando tal vez dos minutos después de eso. Mi respaldo tomó el control de Edward y fui a entrevistar a la señorita Truehart. La evidencia y su historia coincidían, así que detuvimos a Edward.

El señor Winkley pregunta—: ¿Es posible que la señorita Truehart hubiera colocado las pruebas y se hubiera roto el vestido?

—No, no lo creo. Nuestra rápida respuesta no le habría dado tiempo. Los rasguños estaban en un ángulo que sería difícil hacerse a sí misma. Y hay otros asuntos en los que podríamos investigar si se tratara de una audiencia judicial. Pero basta con decir que no encontramos evidencia para refutar su historia y todas las pruebas sostienen su historia.

—Gracias. Creo que podemos seguir adelante. Oh, una última pregunta, ¿cuánto tiempo estuvo detenido el señor Jameson?

—Hasta la mañana siguiente. Desde que fue un intento asalto, no teníamos cargos para retenerlo más que eso y él pagó la fianza.

Hank se pone de pie y pregunta si puede agregar algo al informe sobre Edward. Se le da el visto bueno.

—Quiero hacerle saber que tres días antes de ese evento, fui testigo de cómo Edward Jameson acosaba a la señorita Truehart. Él la tenía atrapada entre él y una escalera. La escuché pedirle que la dejara en paz. Entonces, lo agarré y lo arrojé lejos de ella. En ese momento, él le dijo que aún no había terminado con ella. Ella le dijo claramente que no estaba interesada y que la dejara en paz. Él continuó insinuando que no planeaba retroceder.

«La noche del ataque de Edward a la señorita Truehart, escuché la llamada en el escáner de la policía y fui a su casa para ver si necesitaba ayuda. Cuando la policía abandonó la escena, invité a la señorita Truehart a quedarse en mi casa hasta que Edward se fuera de la ciudad para regresar a Seattle, que sabíamos que sería cerca de la víspera de año nuevo. Francamente temí por su seguridad y tengo una habitación libre que no uso. Nos habíamos hecho amigos y quería ayudar. La señorita Truehart ha sido modelo de decoro. De hecho, me he enamorado de ella y le he pedido que se case conmigo. Ella no ha aceptado, basándose en el hecho de que no sabe si eso les daría un mal ejemplo a sus alumnos.

Susan Reardon se pone de pie.

—Yo también quiero decir algo.

El señor Winkley pregunta—: ¿Usted es?

—Susan Reardon. La hija de Hank, Alyssa, y mi hija, Rachel, son mejores amigas. —Susan señala a los padres reunidos—. Nosotros, los padres de los estudiantes de la señorita Truehart, nos gustaría expresar nuestro apoyo a la señorita Truehart. Creemos que es una excelente maestra y una muy buena modelo a seguir para nuestros hijos.

El resto de los padres asienten.

El señor Winkley mira a Ellen.

—Parece que tienes un gran número de seguidores y que la información que recibimos es falsa. ¿Tiene algo que le gustaría decir?

Ellen se pone de pie, su corazón lleno de amor por esta comunidad que se había unido a ella.

—Lo hago. Decidí que amo a Hank y qué si la oferta aún está abierta, quiero casarme con él. Decidí qué si la junta escolar encuentra eso ofensivo, entonces voy a renunciar. Decidí que no voy a permitir que la junta escolar dicte mi vida. —Mirando a Hank, ella dice—: Si todavía me quieres, sí, me casaré contigo.

Hank grita—: Diablos, sí, claro que sí.

El señor Winkley se aclara la garganta y mira el resto del tablero.

—Señorita Truehart, creo que a nosotros, la junta, nos gustaría decirle, no queremos que renuncie y nos gustaría que continúe enseñando tercer grado, esté casada o no. —Él mira al resto de la junta que asiente con la cabeza.

La señora Erickson entra en la sala del tribunal.

—Ahora espera un minuto. No vas a despedir a esta mujer.

—Mabel —dice el señor Winkley.

—No, escúchame tú. ¿Crees por un minuto que entregaría mi salón de clases a alguna mujer de baja moralidad? ¿Han perdido sus mentes colectivas? No confiaba en ustedes, idiotas, para elegir a la persona adecuada. —Ella mira a cada uno de ellos a los ojos—. La investigué por completo. Hice que un investigador privado investigara todos los aspectos de su vida y salió absolutamente limpia.

Ella mueve el dedo el dedo hacia la junta escolar.

—No puedo decir lo mismo de ese pervertido que era el director de su escuela, pero envié el informe que recibí del investigador a la junta de educación de Utah. Entonces, pueden investigar la junta escolar de ese distrito y ese director. Pero las cosas avanzan lentamente en el gobierno. De todos modos, te equivocas al acusar a Ellen Truehart de baja moral y es mejor que no la despidas o no seré feliz. Y sabes cómo puedo llegar a ser cuando no estoy feliz, Freddy. —dice Mabel con las manos en las caderas, y golpea con el pie para enfatizar.

El presidente de la junta escolar sonríe.

—Ya nos hemos disculpado con la señorita Truehart por sacar conclusiones precipitadas, basándonos en muy pocos hechos, y le hemos pedido que por favor mantenga su trabajo. Así que no tienes que enfadarte, Mabel.

—Bien, ya es hora de que hagas algo bien. Ahora, volveré a casa y vigilaré mi vecindario. Sin embargo, hay una docena de niños a los que les gustaría decir algo en apoyo de su maestra.

—Ella se hace a un lado y allí están los niños de la clase de Ellen.

El señor Winkley alza las manos en el aire.

—Suficiente, me rindo. Señorita Truehart, diga que se quedará.

—Sí, lo haré.

—Gracias a Dios. —Y con eso, el señor Winkley y la junta salen de la sala, cuando estalla el caos.

Los niños vitorean cuando Hank agarra a Ellen por la cintura y la hace girar en un gran círculo. Cuando él la baja, ella lo agarra por la cara y lo besa con todo el amor que siente por él, solo retrocediendo cuando el pueblo comienza a aplaudir y los niños gimen.

Hank susurra—: Probablemente deberíamos esperar un poco a esa celebración.

Ellen se ríe y se arrodilla para abrazar a su clase, mientras Hank estrecha la mano de la gente del pueblo.

FIN

Si disfrutaste de esta historia, considera dejar una reseña en
Amazon.
¡Muchas gracias!

144

Catorce años después, Alyssa es una mujer adulta y está lista
para su propia aventura en
Un vaquero para Alyssa: Vaqueros de Colorado 1.

Además, por Shirley Penick

Vaqueros de Colorado Próximamente en español
Un vaquero para Alyssa:
Vaqueros de Colorado # 1 - La historia de Beau y Alyssa
Domando a Adam:
Vaqueros de Colorado # 2 - La historia de Adam y Rachel
Tentando a Chase:
Vaqueros de Colorado # 3 - La historia de Chase y Katie
Amarrando a Cade:
Vaqueros de Colorado # 4 - La historia de Cade y Summer
Confiando en Drew:
Vaqueros de Colorado # 5 - La historia de Drew y Lily
El vaquero de Rodeo de Emma:
Vaqueros de Colorado # 6 - La historia de Emma y Zach

SERIE LAKE CHELAN disponible solo en inglés

Socorristas
Sawdust and Satin: Lake Chelan #1[1] - Chris y Barbara
Designs on Her: Lake Chelan #2[2] - Nolan y Kristen

---

1. https://books2read.com/SawdustandSatin

Smokin': Lake Chelan #3[3] - Jeremy y Amber
Fire on the Mountain: Lake Chelan #4[4] - Trey y Mary Ann
The Fire Chief's Desire: Lake Chelan #5[5] - Greg y Sandy
Mysterious Ways: Lake Chelan #6[6] - Scott y Nicole
Conflict of Interest: Lake Chelan #7[7] - David y Jacqueline
Another Chance for Love: Lake Chelan #8[8] - Max y Carol
Frames: Lake Chelan #9[9] - Terri y Deborah
Christmas in Lake Chelan: Lake Chelan #10[10] - Ted y Tammy
The Author's Lady Librarian: Lake Chelan #11[11] – Patty Anne
y Gideon
The Fire Chief's Surprise: Lake Chelan #12[12] - Greg y Sandy
Hello Again: Lake Chelan #13[13] - Janet y Everett
Three's a Crowd: Lake Chelan #14[14] - Kyle y Samantha
Serie SADDLES AND SECRETS solo disponible
en inglés
Wyoming Wranglers
The Lawman: Saddles and Secrets #1[15] - Maggie Ann y John

---

2. https://books2read.com/DesignsonHer

3. https://books2read.com/Smokin

4. https://books2read.com/FireontheMountain

5. https://books2read.com/TheFireChiefsDesire

6. https://books2read.com/MysteriousWays

7. https://books2read.com/ConflictofInterest-sp

8. https://books2read.com/AnotherChanceforLove

9. https://books2read.com/Frames

10. https://books2read.com/ChristmasinLakeChelan

11. https://books2read.com/TheAuthorsLadyLibrarian

12. https://books2read.com/TheFireChiefsSurprise

13. https://books2read.com/HelloAgain-sp

14. https://books2read.com/ThreesaCrowd-sp

The Watcher: Saddles and Secrets #2[16] - Christina y Rob
The Rescuer: Saddles and Secrets #3[17] - Milly y Tim
The Vacation: Saddles and Secrets Short Story #4[18] - Andrea y Carl Ray
The Neighbor: Saddles and Secrets #5[19] – Terri y Rafe
Serie HELLUVA ENGINEER solo disponible en inglés
Helluva Engineer[20]: Hellua Engineer #1 - Patricia y Steve
Christmas at the Rockin' K[21]: Helluva Engineer #2 - Brenda y Thomas

---

15. https://books2read.com/TheLawman

16. https://books2read.com/TheWatcher

17. https://books2read.com/TheRescuer-sp

18. https://books2read.com/TheVacation

19. https://books2read.com/TheNeighbor

20. https://books2read.com/HelluvaEngineer

21. https://books2read.com/ChristmasattheRockinK

Sobre Shirley

¿Qué sabe una nerd matemática geek sobre escribir romance?

Esa es una muy buena pregunta. Como ex técnica, he hecho de todo, desde programación de computadoras hasta capacitadora internacional. Antes de la universidad, yo tenía muchos trabajos y actividades diferentes que eran tan diversos que era una anomalía.

Nada de eso me califica para escribir novelas. Pero tengo muy buenas historias que contar y mucha imaginación.

He vivido en Colorado, Hawaii y actualmente resido en Washington. Al pasar de dos estados con 340 días de sol a un estado con 340 días de nubes, tuve que hacer algo para animarme. Y fue entonces cuando comencé esta nueva aventura llamada autora. Unirme a Romance Writers of America y dos capítulos locales me ayudó a aprender el oficio rápidamente y fue muy divertido.

Mi familia está formada por dos hijos adultos, sus cónyuges, dos adorables nietas y un gran perro. ¡Mi actividad favorita es jugar con mis nietas!

Cuando las niñas no pueden jugar con su increíble abuela, mis intereses son leer y escribir, ¡yay! Empecé a leer a una edad temprana con los misterios de Nancy Drew y he seguido siendo un ávido lector toda mi vida. Mi material de lectura favorito es el romance, pero de vez en cuando, si otras historias se meten en mi montón de cosas por leer, no las echo.

LA NUEVA CONQUISTA DEL RANCHERO

Algunos de los trabajos extraños que he tenido son el de cultivar claveles, un tirador de trampas, una mesera de pizzerías, una ingeniera de software, una capacitadora internacional y un gerente de programas de negocios. Estudié soldadura, dibujo y tapicería en el bachillerato, hace mucho tiempo, cuando las chicas no tomaban esas clases, así que tengo un montón de conocimientos y experiencia eclécticas.

Y por algo realmente inusual... una vez tuve un mapache como mascota.

Únete a mí mientras cuento mis historias, entretejiendo cositas reales de mi vida con otras imaginarias. Tendrás que adivinar cuál es cuál. ¡Será un puntazo!

Sígueme en:

Facebook: https://www.facebook.com/ShirleyPenickAuthorFans/

Instagram: https://www.instagram.com/shirleypenickauthor/

Twitter: https://twitter.com/shirley_penick

Bookbub: https://www.bookbub.com/authors/shirley-penick

Goodreads: https://www.goodreads.com/shirleypenick

Contáctame:

www.shirleypenick.com[1]

Para suscribirte al boletín mensual de Shirley, regístrate en mi sitio web o envíame un correo electrónico a shirleypenick@outlook.com, asunto boletín en español.

---

1. http://www.shirleypenick.com